Einaudi. Stile Libero Big

Dello stesso autore nel catalogo Einaudi

Documenti, prego

Il metodo del dottor Fonseca

Vivida mon amour

Sono mancato all'affetto dei miei cari

Genitori cercasi

www.einaudi.it

ISBN 978-88-06-26078-1

Andrea Vitali
Eredi Piedivico e famiglia

Einaudi

Eredi Piedivico e famiglia

Parte prima

1.

Classe 1901, nato a Manerbio, provincia di Brescia, Oreste Piedivico di professione era veterinario. Figlio di notaio, nonostante i pacati inviti – paterni e non solo – a considerare di proseguire nell'attività di famiglia, visto che la strada gli era già stata spianata, fin da giovane aveva dimostrato un'innata passione nei confronti degli animali che niente e nessuno erano riusciti a scalfire. L'ultimo ad arrendersi era stato proprio il genitore. Aveva alzato bandiera bianca con un sorriso e s'era poi convinto di aver fatto bene.

Il ragazzo compí gli studi universitari presso la scuola di Parma, divenendo uno degli allievi prediletti di Virginio Bossi, anatomico e chirurgo di grande levatura. La passione per gli animali era tale che il giovanotto cercava ogni occasione per fare pratica, rendendosi disponibile a dare consigli, aiutando nel caso di parti difficoltosi, fratture o ferite da suturare e, già ben prima che ne avesse ottenuto il diritto, in parecchi cominciarono a chiamarlo dottore. All'età di venticinque anni, laureato infine, cominciò a esercitare a pieno titolo.

Non aveva un ambulatorio vero e proprio, né aveva mai pensato di dotarsene.

– Inutile, – ripeteva a tutti, – denaro buttato.

Le stesse parole che aveva detto a suo padre quando costui voleva fargliene dono per la laurea.

Denaro buttato a ragion veduta, spiegava con il sorriso sulle labbra, in modo un po' guascone, ma senza lasciare spazio ad alcuna replica.

I suoi clienti infatti erano cavalli, vacche, vitelli, buoi, esseri che quando stavano male andavano visitati a casa loro. Spesso, però, veniva anche consultato, ma cosí, alla buona, per animali di piccola taglia, cani soprattutto. Talvolta le richieste di un parere avevano luogo per la strada. Il Piedivico non faceva una piega, ascoltava, rispondeva. Poi alla fine, «Grazie dottore», o il piú delle volte, stante la confidenza, «Grazie Oreste», e via, una pacca sulla spalla come saldo dell'onorario. Quello il risultato del legame che lo univa ai suoi concittadini. La voce circa la sua abilità e disponibilità – era pronto a scattare a qualunque ora del giorno e della notte – si sparse presto nelle campagne attorno a Manerbio, raggiungendo le numerose cascine del territorio. E non era nemmeno un fatto eccezionale che qualche allevatore si spingesse a chiedergli un consulto su un acciacco proprio o di un familiare, senza meravigliarsi poi che il Piedivico ci avesse azzeccato. In un immaginario catalogo dei suoi interventi meglio riusciti spicca una perineotomia eseguita sulla moglie di un allevatore nella cui stalla il Piedivico stava aspettando il momento buono per far nascere un vitello. Il caso aveva voluto che quella sera, anzi era ormai notte, la donna fosse entrata in travaglio e che le cose si fossero messe male fin da subito. Il marito, davanti alle sue smanie piú che giustificate, era andato nel pallone; non sapendo che fare aveva chiesto al Piedivico di lasciar perdere la vacca e di correre a chiamare la levatrice. Ma Oreste aveva dimostrato tutta la calma e la freddezza che la circostanza esigeva.

– Ci penso io, – aveva detto.

– In che senso? – aveva chiesto quello, disorientato.

– Si fidi, – aveva risposto il veterinario. – Andiamo.

Dove volesse andare, l'allevatore lo aveva capito quando Oreste s'era avviato verso la casa. Aveva tentato di opporsi a ciò che ormai immaginava il Piedivico stesse per fare. Ma quest'ultimo era stato chiaro, lasciando a lui la scelta.

– Di qui a qualche ora questa cascina potrebbe avere un neonato e un vitello. Potrebbe però anche capitare che nessuno dei due veda la luce. Non c'è tempo da perdere, bisogna decidere in fretta. Io sono pronto, lei?

L'allevatore era rimasto senza parole, l'altro aveva sdrammatizzato, scherzando sul fatto che, in certe situazioni, non c'era molta differenza tra esseri umani e animali.

La storia della doppia assistenza al parto effettuata con successo era rimbalzata di cascina in cascina per settimane e aveva contribuito a rendere ancora piú solida la fama di Oreste.

All'inizio della professione il dottor Piedivico girava su calesse o a cavalcioni di una delle rare motociclette in circolazione, ma seduto alle spalle del proprietario. Il mezzo a due ruote lo affascinava e talvolta chiedeva di potersi mettere lui alla guida, per godere appieno l'ebbrezza della velocità. Velocità per modo di dire: essendo il piú delle volte, quelle trappole, dei bastardi assembramenti di pezzi raccattati qua e là, che tenevano ben stretto il mistero su come facessero a viaggiare.

Data la passione, in tanti si domandavano perché il Piedivico non ne comprasse per sé una nuova di zecca. Non gli mancavano certo i mezzi, il padre notaio, che se n'era andato quando lui aveva ventisei anni – la madre l'aveva persa da bambino –, gli aveva lasciato abbastanza per togliersi qualsivoglia sfizio. Non era per taccagneria come qualcuno insinuava, sparlando e dicendo che i ricchi erano cosí: piú ne avevano e piú ne volevano avere. Oreste

Piedivico s'era dato l'obbiettivo di soddisfare le proprie esigenze contando sul proprio lavoro e con ciò che grazie a questo riusciva a mettere in tasca: l'unico pezzo di eredità paterna di cui approfittava era la casa, una villetta a due piani dove il genitore aveva avuto anche lo studio notarile. Il denaro non lo aveva toccato, quasi fosse una sorta di rifugio in cui riparare se le cose fossero andate male, e non solo sotto l'aspetto economico. Non correvano tempi tranquilli e Oreste, che dalla politica s'era sempre tenuto alla larga, asserendo che i suoi clienti non si occupavano di certe cose, non aveva potuto fare a meno di avvertire un'aria dentro la quale poteva respirare beato solo chi si piegava a un credo di obbedienza cieca, assoluta: c'era poco da stare allegri dopo che il regime aveva soppresso la libertà di stampa, quella di riunione e di parola, ripristinato la pena di morte, assunto altre misure coercitive che rendevano bene l'idea di cosa sarebbe toccato a chi avesse osato criticare questo o quel provvedimento. Nemmeno i tiepidi come lui potevano stare sereni, e appunto per non correre rischi di sorta Oreste Piedivico cercava di confondersi nella massa assistendo, senza alcun vero spirito di parte, alle manifestazioni che anche a Manerbio venivano allestite per celebrare il regime: l'anniversario della marcia su Roma, il 21 aprile e altre date tipo quella in cui si commemorava il camerata Marco Griglia, rimasto ucciso durante l'assalto a una camera del lavoro.

Fu all'età di ventisette anni che riuscí ad acquistare una motocicletta con i propri guadagni, una sedicente Benelli, di terza mano però. L'aveva recuperata presso un estroso e altrettanto sedicente meccanico di Pontevico, certo Sgualazzi, che gli era stato consigliato dal farmacista; quest'ultimo si mostrò assai meravigliato che Oreste non avesse mai sentito parlare né di lui, né della sua capacità di mettere mano e sistemare qualsivoglia congegno meccanico e non.

– Può darsi che quello che cerchi lo trovi lí, – era stato il suggerimento, e il Piedivico lo aveva subito seguito.

L'officina dello Sgualazzi era una specie di refugium peccatorum dove l'artigiano ricoverava, per sottoporli alle sue cure, attrezzi di ogni genere che i legittimi proprietari ritenevano ormai inutilizzabili: carriole, setacci, aratri, pale per forni, tappatrici, contenitori per il latte, gioghi. Il Piedivico aveva apprezzato l'accoglienza e sopportato la facondia dell'uomo, che aveva illustrato con orgoglio quasi ogni pezzo, come se fosse la guida di un museo; vanto della collezione erano una lavatrice di fabbricazione inglese e un asciugapanni in ferro, riportati in vita grazie ad autentici miracoli di manualità. Quando infine lo Sgualazzi si era ricordato di chiedere quale fosse il motivo che aveva spinto l'ospite ad andare da lui, il Piedivico aveva appunto risposto che gliel'avevano indicato perché forse lí avrebbe trovato quello che cercava.

Biciclette? Ne aveva di tutti i tipi, aveva replicato lo Sgualazzi.

– Veramente speravo in una motocicletta, e che non mi facesse spendere troppo, – aveva precisato Oreste.

Il viso del meccanico s'era disteso in un sorriso.

– Seguitemi.

Giunto sul fondo del locale aveva mostrato la Benelli, cosí almeno recitava il serbatoio, coperta da una vecchia trapunta.

– Di terza mano, – aveva chiarito.

Acquistata dal figlio di un avvocato bresciano, ceduta al figlio di un allevatore di Robecco d'Oglio che piú che andarci in giro l'aveva usata per cadere o andare a sbattere, l'aveva ritirata lui in condizioni terminali un sei mesi prima senza sganciare una lira. Il genitore del ragazzo non voleva vederla mai piú. Dovrei pagarvi io per portarmela via, gli aveva detto.

– È mia, – aveva dichiarato Oreste, decretando cosí l'inizio di una nuova fase della propria vita.

Con quella aveva preso a scorrazzare per i casali, senza darsi pensiero dell'ora e del tempo. Nemmeno del futuro in verità. Piú di lui al suo futuro pensavano altri quando, sorridendo, gli chiedevano se non fosse suonata l'ora di sposarsi. In quei casi la sua risposta era sempre stata pronta.

– Sposarmi? E contro chi?

Tanta curiosità era ormai diventata un tormentone. Mancava solo, rifletteva tra sé il Piedivico, che a domandarglielo fosse una delle bestie che curava, una vacca, oppure un cavallo.

Appunto, un cavallo.

Quel giorno ne stava giusto castrando uno presso la cascina Pozzosecco, nel territorio del comune di Verolanuova. Era primavera, i campi fumavano sotto i primi raggi del sole. Il Piedivico era uscito da casa all'alba, aveva cavalcato solitario sulla sua moto fino alla cascina godendosi il giorno che rischiarava come se fosse in un Eden, perché cosí gli sembrava il panorama che gli stava intorno. Piatto, è vero, ma ricco di una vita che sorprendeva perfino chi la conosceva da sempre. Si diceva che, se avesse potuto scegliere, sarebbe rinato ancora lí. Questi pensieri non lo avevano abbandonato nemmeno dopo che s'era messo all'opera sulle parti basse dell'animale, con il proprietario della cascina Erio Anzibene che, alle sue spalle, lo guardava armeggiare. Il Piedivico stava fischiettando una canzoncina, Reginella qualcosa. L'Anzibene non perse l'occasione.

– Quand'è che anche lei troverà 'sta reginella?

Be', non che il Piedivico fosse rimasto al palo fino a quel giorno: qualche candidata c'era stata, qualche amorazzo l'aveva avuto. Niente di che, però, avventure, dentro le quali aveva messo piú la veemenza della gioventú che non la grazia del sentimento. C'era stata la Malena, per esempio, ai tempi della scuola di Parma. Una lattaia. Mai come in quel caso il lavoro che faceva le si era adattato; o lei a lui, visto che aveva un paio di tette formidabili sulle quali Oreste s'era accanito spesso. Il primo approccio era avvenuto una sera di fine aprile: lui s'era attardato nel negozio e la Malena gli aveva chiesto se poteva fargli compagnia, visto che era solo soletto. Era stata lei ad avviare la manfrina con una serie di osservazioni e domande il cui scopo era stato fin troppo chiaro.

Cosa ci faceva un cosí bel giovanotto tutto solo?

Possibile che non avesse una fidanzata?

O forse ne aveva piú di una?

Oreste non aveva risposto che con lo sguardo, fisso su quel paio di tette che sembravano pronte a saltar fuori dal grembiule. E non s'era affatto meravigliato nel momento in cui lei aveva chiuso la porta e tirato giú la cler. Una cosa il Piedivico non aveva compreso: se la donna avesse un marito al piano di sopra della latteria, o un padre, sempre sopra, e comunque immersi entrambi in un sonno difficile da interrompere. Già la prima volta, infatti, ritiratisi nel retrobottega, quando lui aveva chiesto se non ci fosse il rischio che qualcuno arrivasse, lei, abbandonata a un mugolante piacere, gli aveva prima risposto che suo marito... cioè no, s'era poi corretta, suo padre... insomma...

– Non ti devi preoccupare, – aveva detto infine. Padre o marito che fosse, il Piedivico non aveva mai risolto l'enigma, quell'uomo dormiva come un sasso. Oreste non aveva nemmeno escluso che non ci fosse né l'uno né l'altro, che si trattasse di una fantasia per aggiungere un po' di pepe alla situazione, e a un certo punto aveva smesso di preoccuparsi. Ecco, la Malena l'aveva tenuto in sella per qualche tempo e gli aveva attirato piú di una presa in giro da parte dei colleghi di studio quando aveva smesso di seguirli nelle canoniche incursioni al casino.

Ben piú che memorabile, invece, era stato un intrallazzo, se tale lo si poteva definire, con una cugina che insieme al padre aveva passato tre giorni a Manerbio durante le vacanze di Natale, mentre lui frequentava l'ultimo anno di università. La prima sera, mentre i due genitori s'erano recati ad ascoltare un concerto della corale cittadina presso la chiesa di San Lorenzo Martire, Selene, cosí si chiamava la giovane, gli aveva confessato di essersi fidanzata con un certo Aurelio da circa una settimana. Suo padre, aveva detto, ancora non lo sapeva e per il momento non avrebbe dovuto saperlo.

– Deve restare un segreto tra noi, – gli aveva sussurrato Selene.

Oreste aveva promesso, pur non capendo perché mai lo avesse messo a parte della faccenda. L'aveva scoperto poco dopo. Perché senza imbarazzi di sorta, questa gli aveva chiesto di spiegarle come ci si comporta con un fidanzato. Ma non era finita lí: 'sta cugina aveva voluto sapere di piú, cioè come un *uomo* si comportava con la fidanzata, cosa pretendeva, fino a che punto poteva spingersi. Il Piedivico aveva provato imbarazzo, ed era stato sul punto di confessare che lui di fidanzate propriamente dette non ne aveva avute. Semmai le sue esperienze erano di altro genere. Tuttavia aveva giudicato inopportuno scendere in particolari illustrando gli incontri con la lattaia o, peggio ancora, le visite alla casa di tolleranza. Ma la cugina l'aveva stupito, prendendolo in contropiede.

– Non mi daresti una dimostrazione... insomma, non mi faresti vedere?

Dire che il Piedivico c'era rimasto di sasso è ben poco. Nonostante ciò lo aveva colto un turbamento nuovo, il sangue aveva cominciato a bollire, tanto piú che Selene s'era alzata dalla poltroncina del salotto ed era andata a sedersi sulle sue gambe. S'era insomma trovato nella condizione di non potersi sottrarre alla richiesta, il torbido di ciò che stava accadendo s'era nascosto dietro l'eccitazione del momento. Tuttavia il Piedivico aveva chiamato a raccolta quel minimo di freddezza che gli aveva consentito, come dire?, di limitarsi: di fermarsi ai fondamentali dell'approccio erotico. Poi, quando s'erano ricomposti, era stato sfiorato dal sospetto di essere caduto in una trappola, una provocazione della bella parente. Un po' come con la Malena: se quella s'era forse inventata un marito o un padre, magari Selene s'era inventata un innamorato. Tra sé aveva riflettuto che l'anonimo fidanzato della cugina, se c'era – e, se non c'era, quello che prima o poi sarebbe arrivato – avrebbe avuto di che essere soddisfatto ritrovandosi tra le mani un caratterino come quello.

Fatta eccezione per questo episodio, l'esperienza di Oreste con il sesso femminile si era limitata a una normale amministrazione che non aveva avuto conseguenze nel suo animo. Altri, o meglio altre, avevano dovuto pagare il prezzo per l'illusione svanita. In poche parole, qualche cuore spezzato se l'era lasciato alle spalle, durante i primi anni in cui aveva esercitato la professione. In fin dei conti diventare la moglie di un veterinario, *del* veterinario, sarebbe stato il colpo della vita per piú di una giovane il cui destino pareva invece già scritto all'atto della nascita come una regola alla quale non si poteva sfuggire.

La benevola curiosità dell'Anzibene gli aveva riproposto alcune immagini della sua vita recente che adesso peraltro appariva cosí lontana. Ripensandoci il Piedivico perse il tempo della solita risposta e si dedicò a portare a termine l'intervento, cosa di pochi altri minuti. Il cavallo sbuffava, il Piedivico gli diede un paio di pacche perché si alzasse, dopodiché raccomandò al proprietario di farlo muovere.

– Le va un caffè? – chiese l'Anzibene.

– È proprio quello che ci vuole, – rispose il Piedivico.

– O un bicchiere di qualcosa, – aggiunse l'altro.

In ogni caso, che si accomodasse in casa, dove sua figlia Lidovina aveva preparato la colazione.

La fine del celibato, per il dottor Piedivico, cominciò quella mattina tra inequivocabili segnali, avvisi che si trovava su una soglia superata la quale non si poteva piú tornare indietro. Non avrebbe mai dimenticato il profumo della prima erba tenera, l'odore di animale che aveva sulle mani e quello del sapone da bucato con cui si lavò, l'aroma di caffè che impregnava la stanza, il calendario scarabocchiato appeso al muro sopra il lavandino. In sostanza, la primavera assunse i tratti della figlia dell'allevatore, Lidovina Anzibene.

L'aveva puntato con un'occhiata enigmatica non appena era entrato in casa, giusto un saluto, quel poco che aveva detto aveva riguardato il cavallo, le sue condizioni, poi aveva salutato di nuovo, si era ritirata e non s'era piú vista. I due uomini erano rimasti soli, avevano chiacchierato del tempo, del lavoro, della campagna. Ma la mente del dottor Piedivico aveva rincorso altri pensieri: uno solo in verità, la figlia dell'Anzibene. Niente a che fare con le varie giovani che in piú occasioni gli erano state intorno, pure mentre lavorava, forse per dimostrargli che sarebbero state mogli devote, servizievoli, pronte a ogni suo comando. Il Piedivico aveva accettato una seconda tazza di caffè nella speranza di rivederla, ma era rimasto deluso. Anche le chiacchiere tra i due uomini s'erano spente, per entrambi era arrivato il momento di tornare alle proprie faccende. Il Piedivico se n'era andato col ricordo del tedio che gli sembrava di avere scorto negli occhi della ragazza, del taglio un po' altezzoso delle sue labbra. E il vento in faccia non l'aveva aiutato a lasciarselo alle spalle.

2.

Arie d'opera alla sera. Oreste Piedivico le ascoltava trasmesse da un apparecchio radio Adorni, il primo in assoluto arrivato in quel di Manerbio, un acquisto del genitore. Proprio da quest'ultimo aveva preso quel vezzo serale: stare seduto, in silenzio, quasi al buio, dopo cene durante le quali erano corse poche parole, magari tenendo anche gli occhi chiusi, per godere di piú delle melodie, per avvertire il miracolo che la musica poteva operare sull'animo degli esseri umani. Il padre conosceva molte trame dei melodrammi che la radio passava, in particolare quelli di Puccini, il suo prediletto, e su tutti adorava *Manon Lescaut*. Quando arrivava il momento di una delle romanze piú famose, Oreste lo sentiva canticchiare sottovoce. Poi, finita la trasmissione, il notaio se ne usciva con un'espressione indecifrabile, una specie di sospiro che lasciava in sospeso nell'aria un interrogativo. Cosa volesse intendere, il giovane non l'aveva mai capito né aveva mai avuto l'ardire di domandarglielo, certo che se lo avesse fatto questi avrebbe risposto con vaghezza; il pudore che lo aveva sempre contraddistinto gli avrebbe impedito di svelare qualcosa riguardo ai propri sentimenti. Ma in seguito, dopo la sua morte, lo aveva chiesto piú volte alla sedia rimasta vuota.

– Chissà! – esclamò quella sera.

Forse era un rimpianto per le cose perdute, andate, il tempo che gli sfuggiva senza che lui riuscisse a penetrarne il mistero: la gioventú, una moglie, un fratello morto in guerra.

– Chi può dirlo, – mormorò appunto alla sedia vuota, sulla quale, stavolta, immaginò seduta la figlia dell'Anzibene. Dopodiché, spenta la radio e infilatosi a letto, comprese che non aveva alternative. Nell'oscurità, con gli occhi spalancati verso il soffitto, quell'unico pensiero sbaragliò il resto e gli porse un ben preciso ordine di servizio. La mattina seguente inforcò la motocicletta e si fece vivo nella cascina dell'Anzibene con l'inattaccabile scusa – banale fin che si vuole, ma cos'altro avrebbe potuto inventare? – di voler controllare le condizioni del cavallo.

L'Anzibene non si aspettava quella visita del Piedivico, sulle prime avvertí un certo imbarazzo. Anche perché a suo giudizio il cavallo stava meglio di loro due messi assieme. Non disse niente però, magari gli era sfuggito qualcosa, e in fin dei conti il dottore era il Piedivico. Ma dovette mordersi la lingua quando quest'ultimo, data un'occhiata all'animale, gli comunicò che sarebbe tornato pure il giorno seguente.

– Non mi pare... – osò l'allevatore, cominciando a fiutare che l'atteggiamento del veterinario nascondesse dell'altro.

– C'è qualcosina che non va, – interloquí Oreste quasi ingarbugliandosi nelle parole, temendo di farsi scoprire, di cadere nel ridicolo. – Niente di che, ma preferirei tenerlo d'occhio fino a che non è a posto del tutto.

– Se lo dice lei... – si arrese l'Anzibene.

Il Piedivico confermò con un cenno del capo, rimanendo poi un istante come sospeso tra il voler dire altro o attendere che l'allevatore parlasse.

Dopodiché, visto che l'offerta di entrare in casa per un caffè o un bicchierino non arrivava, Oreste Piedivico salutò l'Anzibene assicurandogli che sarebbe ripassato l'indomani e magari...

– Magari un poco piú tardi, per non disturbare, – aggiunse.

L'Anzibene restò fermo sulla porta della stalla a guardarlo mentre svaniva sullo sterrato che dalla cascina portava alla strada. E a riflettere. Di cavalli se ne intendeva, e avrebbe potuto giurare, scommettere addirittura, che la bestia fosse in salute. Facile dunque concludere che a spingere il veterinario a quell'inutile visita di controllo, e a quella ancora piú inutile in programma per il giorno seguente, fosse altro. Poiché la sua cascina non ribolliva di motivi d'attrazione, non era insomma un parco di divertimenti come quello che tutti gli anni arrivava a Manerbio per la festa del santo patrono, gli fu facile individuare l'unica ragione che poteva spingere un giovane come il veterinario ad arrampicarsi sui vetri pur di frequentarla. Da uomo pratico quale era, giudicò che non fosse il caso di tirarla troppo per le lunghe. In qualche modo, naturalmente con le buone, avrebbe messo all'angolo il veterinario.

Il Piedivico, ripresentatosi la mattina successiva, non poté fare a meno di constatare che il cavallo stava benissimo, cosa che non sarebbe sfuggita nemmeno a un occhio inesperto.

– Bene, – disse allora l'Anzibene, – e adesso facciamo un po' di conti.

Oreste Piedivico stava carezzando la fronte dell'animale. Era il momento di scoprire le carte.

– Sentite, – disse.

Senza rendersene conto aveva usato il voi, un pronome che aveva sapore di famiglia e rispetto, impiegato nei lunghi anni di convivenza con suo padre. Un pronome che scatenò in lui una serie di immagini riducendolo al silenzio per qualche secondo: voi erano i baffi di suo padre, la lama di sole che entrava nella sua camera dalle persiane socchiuse, la scrivania seduto alla quale aveva studiato, l'uovo sbattuto che gli portava la donna che aveva aiutato in casa dopo la morte di sua madre, l'infinità della pianura a confronto con i confini della città, che se all'inizio della sua vita di studente l'aveva esaltato alla fine era giunta a esasperarlo, facendogli desiderare un ritorno definitivo a Manerbio per non muoversi mai piú da lí. Voi erano le arie d'opera che gli tornarono alla mente raccontandogli la dolcezza della vita.

– Non sapevo quale altra scusa usare per tornare qui, – disse poi dando una pacca all'animale. – Perché in realtà era vostra figlia che intendevo rivedere, – aggiunse. Parlò in fretta, lo sguardo rivolto al cielo sopra la testa dell'allevatore, alle nuvole sfilacciate e immobili.

L'Anzibene tacque, ma si sentí arrossire, impacciato piú del suo interlocutore: ciò che il Piedivico aveva detto, e che temeva pur immaginandolo, l'aveva fatto precipitare in un grave imbarazzo, obbligandolo alla necessità di spiegare che la ragazza era già...

Come lo si poteva spiegare?

Non era propriamente fidanzata, sua figlia. Ma insomma c'erano stati dei passi con un pari età del Piedivico, Ottaviano Pendoli, figlio maggiore del proprietario della cascina Porretta nel territorio del comune di Soresina. Ci volevano parole adesso per chiarire, parole che l'Anzibene stava cercando di rastrellare con una certa fatica ma che si rivelarono inutili, poiché il Piedivico lo anticipò.

– Mi rendo conto di aver corso troppo, di essere andato di fretta... Sí, insomma, che tutto può sembrare prematuro, molto prematuro, – disse.

Per quella ragione s'era spinto a parlargliene. Che pensasse lui, se credeva, a discuterne con la figlia, ad anticiparle la faccenda.

– Se non disturbo tornerei tra un po'... Una quindicina di giorni. Può andar bene? – chiese il Piedivico, che mai s'era trovato in un imbarazzo del genere.

Un giorno, dieci, quindici, rifletté l'allevatore, che differenza faceva?

Conosceva sua figlia, per un sí o un no le sarebbe bastato molto meno.

– Credo proprio di sí, – rispose l'Anzibene.

Cosí vennero poste le basi del matrimonio tra il veterinario Oreste Piedivico e Lidovina Anzibene. Se poi a prevalere fosse stata la ragion di stato, per modo di dire, su quella del cuore è difficile ormai stabilirlo. Sta di fatto che l'Anzibene non perse tempo e prospettò la cosa alla figlia. E lo fece con una certa saggezza e astuzia di stampo contadino.

– Io ti dico come stanno le cose, poi deciderai tu.

Avviò cosí il discorso che le fece quella stessa sera. E non mancò di sottolineare che se sua madre fosse stata ancora lí con loro si sarebbe assunta lei l'onere di parlarle, una precisazione inutile che però serví all'Anzibene per sciogliere la lingua e accendere l'interesse nella figlia. Nell'aria si sentiva il canto di alcune gallinelle d'acqua che abitavano uno stagno non molto lontano dalla cascina. Lidovina aveva un aspetto regale, o perlomeno cosí sembrò al padre, seduta composta su una poltroncina davanti a lui, nel salottino di casa che conservava il sapore di antichi riti domenicali, festivi. Ne era buon testimone una bottiglia di liquore indefinibile, il cui zucchero si era cristallizzato sul fondo e tutto intorno a un ramo, forse di ginepro. Dritto al punto, ormai preso l'abbrivio, il genitore le disse che il Piedivico aveva chiesto di lei. Lidovina non fece una piega, manco già lo sapesse.

– Come mai?

L'Anzibene sospirò. Conosceva quel modo di tenersi sulle sue della figlia, porre domande inutili, a volte per mettere in difficoltà l'interlocutore, altre per il puro gusto di giocare con lui. L'Ottaviano Pendoli ne aveva già fatto esperienza ottenendo risposte equivoche alle sue caute avance. Vezzi di un essere un po' capriccioso, ostacoli che lei poneva sulla via per il proprio divertimento o per sottolineare distanze. Ogni tanto anche il genitore accettava la sfida, scendeva in campo, ne sortivano chiacchierate che potevano diventare discussioni vere e proprie, e che a un certo punto lui troncava. «Fa' come credi!» era la battuta con la quale abbandonava la contesa.

Quella sera non era il caso.

– E me lo domandi? – rispose.

– No, – si arrese la giovane cosí come il canto delle gallinelle che era svanito nel crepuscolo. Il salottino cadde in una penombra quasi prossima al buio. Genitore e figlia divennero due profili, figure di un quadro. La sensazione di entrambi fu che avrebbero potuto restare immobili per l'eternità. Le parole dell'Anzibene ruppero quell'istante che negli anni a venire sarebbe tornato spesso alla memoria della Lidovina.

– Bene allora, – disse l'uomo, – mi faciliti le cose.

Non che il dottore gli avesse chiesto la mano della figlia, lui stesso non avrebbe preso in considerazione una richiesta del genere, una follia bella e buona tenendo conto che l'aveva intravista sí e no per qualche minuto. Gli aveva fatto intendere che avrebbe avuto piacere di conoscerla, frequentarla, le cose che si facevano all'inizio di un'amicizia.

– Con tutto ciò che ne consegue, – proseguí l'Anzibene.

Sua figlia era libera di decidere il suo destino, nessuno, né lui né qualcun altro avrebbe potuto forzarla. Ma a suo giudizio doveva tenere conto di alcune cose. Prima o poi avrebbe dovuto sposarsi, perché l'alternativa era rimanere nella cascina insieme con lui; e per dirla tutta, aggiunse, da tempo aveva capito che nelle sue vene non scorreva il sangue di una persona destinata alla vita in campagna.

– Invece sposando l'Ottaviano... – proseguí il genitore, sempre che quello fosse il suo destino.

Nell'oscurità adesso risaltava l'essenziale, qualche angolo di mobile, la figura alata composta all'uncinetto sulla tendina che copriva l'unica finestra. Il profumo quasi liquoroso della stanza aveva preso corpo, tanto ineffabile quanto peculiare rispetto agli altri ambienti dell'edificio. La luna a tre quarti calava, avrebbe portato un poco di luce; a Lidovina parve di vedere il biancore dei denti del padre, uno squarcio nel piccolo cielo del salottino.

Sposando l'Ottaviano, continuò l'Anzibene, non avrebbe fatto che passare da una cascina all'altra, dalla loro a quella del marito.

– Sveglie all'alba, estate o inverno che sia.

Né si sarebbe potuta sottrarre dall'aiutare il consorte nei lavori che stare in campagna richiedeva. Se lui aveva cercato di risparmiarglieli nei limiti del possibile, non poteva essere sicuro che sarebbe andata cosí altrove. E poi c'erano da considerare i marmocchi. Una risata, il brontolio di un rospo, seguí l'uscita dell'uomo. Sua figlia non poteva non considerare che a un certo punto avrebbe avuto a che fare con una banda di marmocchi! Quella era l'unica strada che aveva avuto sotto gli occhi fino ad allora, fino a quella sera. Adesso però ne aveva anche un'altra, era davanti a un bivio. E l'altra strada portava il nome del dottor Oreste Piedivico. Non solo, arrivava direttamente a Manerbio. E significava la possibilità di garantirsi un futuro da signora con le incombenze relative a tale stato:

badare alla casa, occuparsi di un figlio, al massimo due, e lasciare che fosse il marito a provvedere a ogni necessità. Altro da dire non c'era.

Lidovina Anzibene lo vide quel bivio. Era nascosto dietro un disegno che aveva fatto a scuola tanti anni prima. Non sapendo cosa disegnare aveva illustrato quello che aveva sotto gli occhi da che era nata. Lo sterrato di una strada. Il verde dei campi che sconfinava oltre i limiti del foglio. Nel cielo senza nuvole aveva immaginato l'abbaiare di un cane, il suo verso a chiare lettere scritto in maiuscolo. Alcuni suoi compagni di classe avevano disegnato la mamma o il papà, occhioni e sorrisi da circo. Altri, mucche talmente storte che nella realtà sarebbero state zoppe.

Mentre suo padre parlava, Lidovina era andata un po' per conto suo. L'aveva ascoltato, ma nel contempo aveva parlato a sé stessa come se avesse di fronte l'Ottaviano. Lui avrebbe dovuto sapere che lei non aveva intenzione di diventare una lavorante, destino di tante ragazze sue pari divenute poi mogli di agricoltori. E pure circa il numero dei figli, sarebbe stata lei a decidere se e quanti. Inutile innescare discussioni del genere con suo padre. Piuttosto.

– E l'Ottaviano? – chiese.

L'Anzibene soppesò la domanda della figlia, intuendo che le sue parole non erano cadute nel vuoto. La prospettiva di una vita diversa si era insinuata nella mente della Lidovina. Meglio però non farle intendere niente, evitare il pericolo che si sentisse spinta a una scelta.

– Eh, l'Ottaviano...

In fin dei conti da parte della figlia non c'era che una certa simpatia verso quel giovanotto, una simpatia che forse, con l'aiuto del tempo, sarebbe divenuta qualcosa di piú solido, la base per un matrimonio stabile. L'Anzibene aveva sempre guardato con occhio benevolo a quel legame, stante anche la carenza di materia prima, come lui definiva la scarsità di giovanotti in età di prendere moglie. Però non erano mai stati mossi passi che si potessero dire ufficiali. Per farla breve non c'erano obblighi di sorta. E poi, anche ci fossero stati...

– Capirà, – disse allora il padre.

Lidovina si chiese come mai a nessuno dei due fosse venuto in mente di accendere una luce. Forse in quel momento c'erano dei fantasmi presenti. Le anime, gli spiriti di tutti coloro che in quel locale s'erano seduti alla tavola, avevano pranzato, chiacchierato, sorriso. Persone che magari, come lei adesso, avevano preso in considerazione il proprio destino. La luce li avrebbe dissolti, scacciati. La luna infine illuminò la finestra, il disegno della tendina si stagliò con precisione.

– Bisognerà parlarci, – disse la figlia.

– Lo farò io, – rispose il genitore, acquisendo la decisione della giovane.

Lidovina non aggiunse altro. Si alzarono entrambi sussurrandosi appena la buonanotte per non disturbare il buio del salottino, le presenze insensibili che avevano respirato quell'aria, le insonni memorie che non avevano mai lasciato quelle mura. L'Anzibene faticò a addormentarsi, pensava al compito che s'era assunto.

Quale che fosse la reazione del giovanotto, niente e nessuno avrebbe potuto opporsi al nuovo corso che la vita della figlia stava imboccando. Di certo, e per quanto credesse di conoscerlo bene, non poteva immaginare ciò che l'Ottaviano gli rispose dopo averlo ascoltato senza aprire bocca.

– Dite a vostra figlia che comunque le resterò sempre fedele.

Per un attimo Erio Anzibene rimase senza parole, distratto dal viso del giovanotto, che gli sembrò trasformato, simile a quello di un penitente affrescato sul muro di una chiesetta di campagna dove spesso si era nascosto da bambino quando giocava. La storia ambigua che si raccontava attorno al dipinto gli tornò alla memoria: chi sosteneva che il giovanotto fosse responsabile dell'annegamento di una sorella, chi invece raccontava che l'avesse salvata dalle acque del fiume. Cosa faceva perciò lí inginocchiato, si pentiva oppure ringraziava il cielo? Di lui ormai stava scomparendo ogni traccia, l'affresco era quasi completamente scrostato.

L'Anzibene gli aveva messo una mano sulla spalla e l'aveva lasciata lí per tutta la durata del discorsetto. L'Ottaviano aveva tenuto le sue in tasca, senza scostare lo sguardo dal mancato suocero. L'allevatore non aveva potuto fare a meno di pensare che aveva incassato le sue parole come un animale abituato all'obbedienza e convincendosi via via che non sarebbe stato il marito ideale per Lidovina. Né lei la moglie ideale per lui.

«Dite a vostra figlia che comunque le resterò sempre fedele».

Parole che Erio Anzibene si ripeté piú volte lungo la strada del ritorno. Parole che avevano in sé un sapore di sconfitta.

Parole che si guardò dal riferire.

3.

Il matrimonio non scalfí piú di tanto la vita professionale del Piedivico, ormai da tempo avviata su binari sicuri. Semmai, arricchí e completò quella privata. L'Oreste scopriva di giorno in giorno quanto fosse importante la presenza costante di una donna, chiedendosi come avesse fatto prima. Ma erano domande che perlopiú restavano tali: che senso aveva rispondere adesso che la «reginella» di cui tanti gli avevano chiesto conto era arrivata?

Ben diverso fu l'impatto che il matrimonio ebbe sull'esistenza di Lidovina Anzibene, proiettata in una dimensione del tutto nuova rispetto a quella della cascina e soprattutto investita di un'aura, quella di moglie del veterinario, in una terra dove la salute delle bestie spesso contava piú di quella degli esseri umani. Non le ci volle molto per capire che il pensiero comune l'aveva destinata a essere simile al marito: non poteva il dottor Piedivico, cosí disponibile e aperto, infallibile nel suo lavoro, aver sposato una donna diversa da lui. Gemella invece, in modo da creare la coppia perfetta. Lidovina comprese ben presto di essere diventata parte integrante del mestiere del consorte: giacché respiravano la stessa aria, anche lei di sicuro poteva spacciare consigli, questa era la convinzione della gente che la omaggiava, e non c'era modo di tirarsi indietro. Certo, di fronte alle richieste piú complesse si schermiva, ma col passare del tempo si adattò a un ruolo che prese a definire di segretaria, svolgendolo impeccabilmente. Fu forse questa la novità piú grossa durante i primi mesi di vita matrimoniale, ed era spesso fonte di risate con il marito o con il genitore.

Durante le visite alla cascina, quando padre e marito se ne stavano per conto loro a chiacchierare di vacche e cavalli, Lidovina ne approfittava per andare nel salotto dove s'era decisa la sua vita. Seduta sulla stessa poltrona ripensava a quella sera, alla penombra che s'era fatta buio, alla luce che a nessuno era venuto in mente di accendere. Ciò che ricordava piú nitidamente era il disegno sulla tendina che pendeva dalla finestra, una sorta di piccolo angioletto, guardando il quale le pareva che qualcosa di quella sera le fosse sfuggito e continuasse a farlo. Voleva credere che fossero alcune delle parole che suo padre aveva pronunciato mentre lei s'era distratta, ma sentiva che non era cosí, c'era dell'altro. E c'entrava con le presenze che aveva immaginato aleggiare nella stanza, figure del passato che avevano animato la casa e avevano destinato il salottino a essere il ricovero di un ricordo, una parentesi di sole, una risata incurante del domani. Era un pensiero che lasciava lí quando prima di uscire si alzava, salutava e chiudeva la porta per raggiungere i due uomini e dire che s'era fatta l'ora di andare. Seduta composta sulla moto, abbracciata al marito che guidava con cautela alla volta di Manerbio, riduceva quella sensazione a una pura suggestione dovuta a un momento particolare.

L'Ottaviano di tanto in tanto le tornava in mente, soprattutto mentre stava ai fornelli: se le cose fossero andate diversamente, a quell'ora sarebbe stata in attesa di lui e non del dottor Piedivico. Poi – era da poco passato il primo anniversario delle nozze – un nuovo pensiero si impose, scacciando ogni altra fantasia. Fu merito, o colpa, della sorridente curiosità di alcuni clienti del marito che s'erano guadagnati un poco di confidenza, o di quella benevola delle amiche che s'era fatta e che erano già madri.

Quando avrebbe messo al mondo un piccolo veterinario?

Appunto, quando? E dài e dài, come conseguenza dell'altrui curiosità aveva cominciato a chiederselo anche la stessa Lidovina, rispondendosi, cosí come faceva alle sollecitazioni della gente, che sarebbe accaduto quando il cielo l'avesse voluto. Poi, aggiungeva ridendo, che diventasse veterinario non spettava certo a lei deciderlo. In ogni caso, con il marito, l'unico a non porre domande, non si risparmiavano. Il Piedivico aveva ritrovato il piacere conosciuto durante l'esperienza con la lattaia, ed era soddisfatto, pur tacendolo, di aver fatto pratica con una simile scuola. Dal canto suo, assecondandolo, la Lidovina aveva scoperto una libertà di cui era la prima a essere sorpresa; l'idea che questa potesse essere peccaminosa la sfiorava appena, e se pure fosse stato cosí non ci avrebbe rinunciato per niente al mondo. Fu solo quando era sposata da quasi due anni che cominciò ad avvertire come una spina quotidiana il timore di non poter avere figli, timore del tutto infondato che si guardò bene dal rivelare al marito e che svaní d'un subito agli inizi del 1931 quando scoprí di essere incinta. Lo comunicò a Oreste con una punta d'orgoglio, come se finalmente si fosse messa in pari con il supremo degli obblighi cui una moglie doveva obbedire.

– Puoi dire ai tuoi clienti che fra un po' avranno il loro piccolo veterinario.

Stava forse scherzando sua moglie? Giocava ancora con quella battuta ormai trita? Sulle prime il Piedivico non comprese.

Con un gesto della mano, indicandosi l'addome, la donna chiarí.

– Per intanto studia qui dentro.

Colto alla sprovvista e invero un po' imbranato, lui rispose quasi balbettando: – Lo farò –. Poi rimase a guardare fissamente la Lidovina che, sorridendo, gli spiegò come in genere un marito avrebbe dovuto prendere una simile notizia.

– Dovresti alzarti e abbracciarmi. Non sarebbe male, anche, avere gli occhi lucidi per l'emozione.

Era una sera cruda di freddo e di terra dura sotto i piedi, pari a quelle dei giorni che l'avevano preceduta. I colori impoveriti del paesaggio parevano colare sui visi e negli occhi delle persone. Sotto la pelle, al sicuro nella pancia di sua moglie, il sole era alto, immaginò il Piedivico, né mai sarebbe tramontato. Si addormentarono con sulle labbra un'infinità di nomi appena pensati. Sognarono passeggiate, fotografie in bianco e nero, pagelle, dita sporche d'inchiostro. Sognarono mani che accarezzavano il ventre pieno, e neve che aveva il profumo del talco.

Non fu una gravidanza facile.

Le cose per la giovane si misero male dal terzo mese in avanti. Qualche piccolo segnale c'era già stato in precedenza: una stanchezza esagerata, un pallore che aveva stinto l'allegria per la condizione, una nausea perniciosa, il rifiuto di gran parte del cibo e la difficoltà ad assimilare quello ingerito. Ma dal terzo mese, appunto, le condizioni fisiche della Lidovina richiesero il parere di un ginecologo, eventualità che fin lí non era mai stata presa in considerazione. Per la moglie, Oreste Piedivico aveva voluto il migliore sulla piazza, e la scelta era caduta sul professor Bustocchi, ostetrico-ginecologo dell'ospedale di Brescia.

Il parere del luminare, data anche la complessione fisica della donna, fu che, se non si volevano correre rischi di perdere il bambino, sarebbe stato opportuno garantire alla primipara una gravidanza di assoluto riposo.

– Ritengo inoltre necessario controllarla mensilmente, – aggiunse. E non solo. Per la tranquillità di tutti, consigliò che la levatrice che si occupava della condotta di cui anche Manerbio faceva parte passasse di tanto in tanto a casa Piedivico per dare un'occhiata.

– Ogni paio di settimane, a meno che non intervengano fatti nuovi, – suggerí.

Oreste Piedivico garantí che avrebbe seguito alla lettera le indicazioni del professore e non esitò a prendere contatto con Idella Danzante, una cinquantenne di grande esperienza e dalla mimica costantemente ombrosa. Il Piedivico, che spesso era presente durante le sue visite, scherzava poi con la moglie sul modo di fare e di parlare di costei. Piú che una levatrice sembrava infatti un cerimoniere, e il veterinario si divertiva a imitare il suo tono di voce, dentro il quale pareva sempre aleggiare un'ombra di dubbio.

– Forse voleva farsi suora e gliel'hanno impedito, – osservò una volta, mentre si trovavano alla cascina dell'Anzibene, con l'intenzione di essere ironico e di invitare la moglie a seguirlo su quella strada.

– Se non ci dicesse tutto? – ribatté invece lei.

– Che ragione avrebbe per farlo? – replicò lui.

Lidovina non aveva risposte, chiuse gli occhi. Un segnale con il quale diede a intendere di essere stanca e che le permise di restare sola nel salottino della casa dov'era cresciuta, circondata dallo stesso buio di quella sera lontana in cui le sembrava di aver perduto l'occasione di ascoltare parole diverse da quelle che suo padre le aveva detto. La voce sommessa della levatrice – il tono piú acconcio a un invito alla preghiera che ad altro – la spingeva a fare due passi e a godersi il tepore della stagione. Lidovina obbediva pur controvoglia e teneva per sé il pensiero che tutta quella luce fosse crudele. Le faceva male l'esplodere di vita e di colori appena superata la soglia di casa a confronto con la sua apatia, con l'idea che l'unico mondo possibile in quei giorni fosse la sua camera da letto. Spesso nell'arco della stessa giornata si ricordava con sorpresa di essere in attesa di un figlio, ma subito l'ombra che la perseguitava la allontanava di nuovo dalla realtà. Di sera, il marito le raccontava del proprio lavoro, un modo per fare due chiacchiere e sapere come fosse andata la giornata. Una volta Lidovina fu lí per parlargli del nodo che ogni tanto interrompeva i suoi pensieri costringendola a tornare a quella sera fatale – il momento in cui tutto si era fermato intorno e dentro di lei – e domandargli, se poteva, perché mai né lei né suo padre avessero acceso la luce quella sera. Cosa aveva impedito loro di compiere un'azione cosí semplice, elementare.

Tacque, però, dubitando che Oreste fosse in grado di comprenderla. E di piú, ancora. Se poi lui le avesse chiesto di chiarire meglio, cosa avrebbe potuto rispondere? C'erano parole per spiegare quello che sentiva? Non c'era il rischio che sospettasse che in lei qualcosa non girava per il verso giusto?

Il bambino prese a scalciare, l'arco del sole accorciò il suo viaggio, si avvicinava la fine di agosto. Come aveva consigliato il Bustocchi, una settimana prima del termine previsto Lidovina Piedivico fu ricoverata in ospedale. Avrebbe partorito lí per maggior sicurezza, anziché in casa com'era costume. La levatrice Danzante chiese e ottenne di poter assistere al parto. Pure l'Anzibene fu della partita, sodale del genero in attesa del lieto evento, e approfittò dell'occasione per confessare al Piedivico che anche lui aveva stilato una listarella di nomi da proporre per il neonato.

Cosí come la gravidanza, nemmeno il parto fu dei piú semplici. Le spinte della Lidovina, prive del vigore necessario, lo protrassero per ore finché, dopo che il Bustocchi aveva ormai optato per un taglio cesareo, il figlio di Oreste e Lidovina Piedivico venne al mondo mentre su Brescia si scatenava un franco temporale di tarda estate. Non fu il sonoro esordio che ci si aspetta in simili occasioni. Il neonato era un esserino smunto con chiazze di cianosi in viso, del peso di un chilo e duecento grammi, che invece di piangere emise una specie di miagolio. Quel silenzio acuí la sfinitezza della madre, che non chiese subito di vederlo. Quando glielo mostrarono lo salutò con un sospiro. La sola levatrice interpretò il pensiero che aleggiava nella sala parto e si decise a parlare col novello padre e con l'Anzibene: a suo giudizio, sarebbe stato meglio far battezzare il neonato quanto prima.

– Come? – fece il Piedivico, comprendendo il senso del consiglio ma nel contempo rifiutandolo.

La Danzante non andò oltre con le parole, il suo viso, che si era viepiú arricchito di ombre nel corso delle ultime ore, valeva una risposta. Genero e suocero si scambiarono uno sguardo. L'Anzibene ricordava alcune storie di cascina, storie che raccontavano di parti avvenuti in questa o quella casa dopo i quali la Danzante aveva avanzato il medesimo suggerimento: sapeva che un battesimo anticipato equivaleva a un annuncio di morte imminente. Deglutí, senza dire niente, lasciando che fosse il Piedivico a scegliere.

– È un passo che spetta a lei in quanto padre, – disse il professor Bustocchi, cui il Piedivico si era rivolto allarmato da ciò che la levatrice gli aveva fatto intendere. Per quanto lo riguardava, spiegò, voleva essere prudente nelle sue previsioni, tenendo conto che il bambino presentava un certo ritardo di crescita e mostrava segni di sofferenza dovuti allo stato della madre; l'anemia, soprattutto, che ne aveva contraddistinto le condizioni, aggravandosi negli ultimi mesi, e che non c'era stato modo di correggere.

– Forse, – concluse il professore alzando gli occhi al soffitto, – battezzarlo potrà aiutarci a evitare guai peggiori.

Il Piedivico non seppe come prendere quelle parole, tuttavia si risolse a seguire il consiglio della levatrice. Due ore piú tardi il bambino venne battezzato dal cappellano dell'ospedale: Felice, come il nonno paterno. Solo al termine della cerimonia Oreste Piedivico rifletté che aveva deciso da sé di procedere tanto al battesimo quanto alla scelta del nome. Quando, due giorni piú tardi, confessò entrambe le cose alla moglie, pronto a giustificare le ragioni della fretta, Lidovina gli rispose accennando un movimento del capo. Né gli chiese notizie circa la salute del bambino, che nel frattempo era stato portato nel reparto pediatrico dell'ospedale per essere messo nell'incubatrice. Glielo spiegò lui.

– Sta bene, vedrai, non preoccuparti.

Infatti.

4.

La previsione che il Piedivico aveva fatto, spinto unicamente dalla speranza di avere ormai saldato il debito con la sfortuna, si rivelò quanto mai azzeccata. Già nei primi giorni dopo la dimissione dall'ospedale, quando aveva raggiunto il rassicurante peso di due chili, il neonato dimostrò di essere venuto al mondo con la precisa intenzione di restarci. Il pediatra che l'aveva seguito durante la degenza aveva avvisato il genitore che con tutta probabilità il bambino avrebbe avuto una salute cagionevole, gracile com'era. Fu lui, in un certo senso, a battezzarlo per la seconda volta quando lo chiamò Felicino, diminutivo che gli sarebbe rimasto appiccicato per tutta la vita. Oreste Piedivico aveva risposto che la sola cosa che gli importava era che l'avesse scampata.

Ma l'enorme gioia di poter finalmente portare a casa il figlio si era andata stingendo già mentre tornava verso Manerbio, quando il silenzio del Felicino aveva contagiato sia lui sia l'autista della macchina pubblica che aveva affittato. Aveva ben presente ciò che lo aspettava tra le mura di casa, una moglie lontana dall'essere la donna che aveva sposato e che a giudizio del medico condotto dottor Vialba poteva rimettersi anche, forse soprattutto, grazie alla complicità del tempo. Certo, ricostituenti, tonici e riposo avrebbero fatto la loro parte, ma era solo con la pazienza che Lidovina Piedivico sarebbe tornata a essere quella di prima. Questo perlomeno era il parere del dottore, che giudicava inopportuno affidare a una persona in quello stato la cura di un bambino di due mesi: la gravidanza, il parto avevano intaccato il fisico della giovane madre succhiandole energie e piegando il suo spirito a uno stato di prostrazione che spesso la astraeva non solo dalla vita domestica. Bisognava insomma considerare che Lidovina era a tutti gli effetti una convalescente e nulla piú. E tra l'altro versava in una condizione di cui era difficile prevedere la durata. Parole che Oreste aveva pesato piú volte, giudicandole per un po' troppo pessimistiche, ma cui infine, stretto dalla necessità, si era arreso.

– Ho sottomano la persona che fa per voi, – gli disse Vialba quando il Piedivico si risolse a consultarlo di nuovo, visto che la moglie sembrava essere entrata in un vicolo privo di uscita.

– Sarebbe a dire? – domandò lui.

– Sarebbe a dire, – rispose il Vialba, – che al momento l'unica cosa davvero utile è un aiuto, qualcuno che, in un certo senso, prenda provvisoriamente il posto di vostra moglie e si occupi del Felicino.

Per questo gli aveva detto di avere sottomano la persona ideale. Una trentenne che aveva già vissuto un'esperienza simile avendo allevato insieme con la sorella maggiore un ragazzo che adesso andava per i dieci anni. Forse, aggiunse, qualcosa della vicenda che riguardava quelle due era giunto anche alle orecchie del Piedivico, perché era una storia che aveva fatto chiacchierare, al punto che secondo alcuni era difficile stabilire di chi fosse in realtà il bambino.

– Un padre deve pur esserci, – sottolineò il Vialba.

– Mi pare ovvio, – convenne il Piedivico.

– Nessuno lo conosce, però, – puntualizzò il Vialba.

Alcuni pensavano che potesse essere un tale, un lavoratore stagionale, che poi era finito in Belgio a fare il minatore. Dove, secondo le stesse voci, dopo il parto la maggiore era andata ed era rimasta un paio di anni, lasciando la sorella a occuparsi della cascina e del piccolo.

– Quindi... – interloquí il Piedivico.

– Quindi niente, – lo frenò il Vialba.

Sulla faccenda del Belgio molti avevano insinuato piú di un dubbio, ventilando l'ipotesi che la donna si fosse solo allontanata di casa per praticare un certo mestiere...

– Se mi spiego.

In ogni caso, fosse vera l'una o l'altra delle ipotesi, la maggiore dopo qualche tempo era tornata al nido, nella cascina che stava lungo la strada che portava a Bassano Bresciano, e non si poteva dire che se la passassero proprio bene.

– Sopravvivono, ecco, – affermò il Vialba.

Forse esisteva sul serio il minatore che mandava qualche soldo dal Belgio, e dalla cascina riuscivano a cavarci qualcosa.

– Ma è sempre un'esistenza sul filo del rasoio, basta un imprevisto e il bilancio di famiglia va subito in rosso, – osservò il Vialba.

Insomma, il Vialba non poteva dire chi fosse davvero la madre del bambino. Ciò che poteva dire invece era che quella ragazza non avrebbe rifiutato un lavoro che le garantisse un introito fisso.

– Non sarebbe come far sentire mia moglie incapace di essere una madre? – obiettò il Piedivico.

– Lo è, di fatto, – rispose il Vialba.

Lo era, allo stato, e non bisognava avere scrupoli di sorta se si voleva agire in modo da riportarla a una condizione di benessere tanto fisico quanto morale, consentendole cosí di tornare a essere quella di prima.

– Ci penserò, – promise il Piedivico, concludendo la conversazione.

– Meglio non metterci troppo tempo, – avvisò il Vialba.

Sebbene avesse dichiarato che voleva riflettere sulla proposta, Oreste si rese conto quasi subito che le pacate parole del dottore l'avevano di già convinto. Ebbe però uno scrupolo: ricordando come aveva agito d'istinto in occasione di battesimo e nome, questa volta si consultò con Lidovina. Le sottopose l'idea di assumere una persona per badare al Felicino con la cautela di uno che cammina su un tappeto di uova. Lei intuí sveltamente dove volesse andare a parare e lo tolse dall'imbarazzo.

– Fino a che non sarò in grado mi sembra una buona soluzione, – rispose, nascondendo il sollievo che le parole del marito le avevano procurato. Il Piedivico si stupí che non gli chiedesse chi fosse quella persona, come l'avesse trovata. Glielo disse comunque, carezzandole una mano che pareva percorsa da radici.

La ragazza era un sano frutto della campagna, solida. Emanava una robustezza che non era solo fatta di muscoli, possedeva una fermezza d'animo che il Piedivico conosceva bene per averla notata spesso in soggetti di quella pasta, formati dalle fatiche, abituati a vivere alla giornata. Senza spiegarsi come, ebbe la certezza che non fosse lei la madre del ragazzo. Si chiamava Versalia Maltolti, parlava poco ma era svelta a comprendere, e fin da subito dimostrò di essere una benedizione. Non solo cominciò immediatamente a occuparsi del Felicino prestandogli tutte le cure necessarie, ma capí al volo che anche la casa aveva bisogno di una donna in piena salute affinché le ragnatele dell'incuria non prendessero il sopravvento.

Fu qualche mese dopo il suo ingresso, quando aveva ormai saldamente in mano le redini di tutto e sostituiva la padrona perfino nel ruolo di segretaria, che il Piedivico, di concerto con il Vialba, esauriti consigli e rimedi decise per una vacanza che allontanasse la moglie da quei luoghi. Vacanze, né lui né la Lidovina ne avevano mai fatte, non era costume per la gente che abitava in campagna. Fu necessario insistere perché lei cedesse. Pure l'Anzibene, che continuava a non capire come sua figlia si fosse ridotta cosí, intervenne facendo leva sulla sua autorità di padre. Pressata da ogni parte – pure la Versalia ci si mise, sentendosi sempre di piú integrata nella famiglia Piedivico quasi fosse diventata una parente – la giovane madre si arrese. E i due partirono alla volta della meta, sulla cui scelta era pesato piú degli altri il parere del dottor Vialba. Insomma, per sottrarre allo sguardo della malata, perché non la si poteva considerare che tale, il solito panorama, esistevano due alternative: il mare o la montagna.

– Ma si sa, – aveva sottolineato il medico, – che il mare a volte ha effetti indesiderati. Potrebbe essere controproducente, un passaggio troppo brusco, una scossa, considerando poi il ritorno dove gli stimoli di quell'aria cosí ricca di sali sono del tutto assenti.

Meglio la montagna, i suoi rasserenanti paesaggi, l'aria sana, la quiete.

Al di là dell'opinabile parere del Vialba su un eventuale soggiorno marino, l'idea della montagna affascinava di piú il Piedivico. Al mare si sentiva estraneo, quasi in quell'ambiente dovesse entrarci come un chiodo piantato nel muro. Inoltre la riviera, che non aveva mai visto se non in qualche illustrazione o cartolina, gli suggeriva una rilassatezza di costumi che lo metteva a disagio.

Dolomiti, dunque, che per un periodo – ben archiviato

nella memoria – il Vialba aveva anche scalato, tant'è che ne aveva decantato la magnificenza come se le avesse lasciate da pochi giorni.

La scelta si rivelò a dir poco disastrosa. L'indubbio splendore dei paesaggi non riuscí a vincere l'apatia di Lidovina e la lontananza da casa aggravò la depressione. L'enigma delle voci di quella sera lontana tornò a tormentarla, le bocche che parlavano senza emettere suono adesso avevano denti, i profili maligni delle montagne quando la notte calava. Avvertiva di essere inadeguata come moglie e come madre, il pensiero che la Versalia si stava sostituendo a lei in tutto – ma davvero in tutto? E quando era nato quel sospetto di cui non aveva la minima prova? – la incattiviva. Alle domande del marito rispondeva quasi contenta di deluderlo, con una nettezza di tono che non le riusciva di ammansire.

Insomma, non era cambiato niente, anzi forse era peggio. Inutile prendere medicine, fare viaggi, passeggiate, non sarebbe piú tornata quella di un tempo!

La vacanza, che avrebbe dovuto durare una quindicina di giorni, verso la fine della prima settimana si era già trasformata in una tortura per il Piedivico. A Manerbio almeno aveva il lavoro a distrarlo, a tenerlo lontano da quell'opprimente situazione. Lí, invece, non poteva che sopportare l'umore della moglie, la sua negatività, scrutarne il profilo aspro, trarre auspici sul futuro tutt'altro che confortanti. E sperare che i giorni che mancavano alla fine di quello stillicidio passassero in un volo. Il destino, o il diavolo, ci mise però lo zampino, quando una fastidiosa vertigine cominciò ad affliggere Lidovina e obbligò i due a interrompere la vacanza e a fare ritorno a casa.

5.

Il professor Bustocchi l'aveva avvisato. Cautamente, scusandosi se con ciò entrava in una sfera privata, ma non aveva potuto dimettere sua moglie senza avvisarlo di una cosa.

– Una seconda gravidanza potrebbe essere fatale.

Il non detto era risultato fin troppo chiaro.

Oreste Piedivico si era attenuto a quelle parole come se il Bustocchi gli avesse ordinato di fare conto che sua moglie fosse diventata una bambola. Da accudire come tale, sempre in ordine, ben pettinata e poi riposta sul mobile, ovvero il letto o la poltrona per quanto riguardava Lidovina. Era quello, ormai, il suo mondo, posto nell'orbitale piú esterno rispetto agli altri sulle cui rotte si svolgevano le quotidiane attività della casa. Il rischio che Lidovina ancora non riusciva a vedere era che, col passare del tempo, tutto ciò che le girava intorno diventasse normalità e che la distanza che la separava dal marito, dal Felicino e dalla Versalia si facesse a poco a poco incolmabile. Eppure aveva a portata di mano ogni indizio per capirlo. Le voci, per esempio, che quando era in camera da letto le giungevano come se uscissero da case d'altri. Il rombo della moto di suo marito che tornava e ripartiva appena la Versalia, da efficiente segretaria, lo avvisava di una nuova chiamata. Lo stesso Felicino, che la ragazza piú volte al giorno le metteva accanto, specialmente quando era sulla poltrona del salotto – in camera da letto no, le pareva brutto che il bambino la vedesse sotto le lenzuola –, perché prendesse confidenza con la mamma e le facesse compagnia per un po', un tempo sempre breve e che aveva i contorni di una visita ospedaliera. Il padre, addirittura, che non aveva parole per commentare il suo stato e spesso se ne stava lí in silenzio, in piedi con le mani dietro la schiena o seduto in pizzo su una sedia come in attesa che il tempo canonico della visita scadesse cosí da potersene andare e non averla piú sotto gli occhi. Elementi di un'addizione il cui risultato le si presentò la notte in cui il marito rientrò tardi dopo aver passato fuori casa l'intera giornata portando con sé un vento di primavera, ma profumato di donna.

Era successo per caso quando il Piedivico, dopo essere stato in farmacia per chiedere una preparazione a base di sulfamidici, s'era imbattuto in Enea Carpesani, il figlio dell'impiegato che suo padre aveva tenuto in studio per la bellezza di quasi quarant'anni. L'Enea era sulla porta del bar *Italia*, fumava, occhieggiava di qua e di là. Tanto era stato ligio al dovere il genitore, quanto era testa matta il figlio, refrattario a ordini e regole, quali che fossero. Non cattivo, uno spirito libero, cosí amava dire di sé. Una libertà che gli aveva procurato piú di uno scontro con gerarchetti e fascistelli locali, l'avviso di stare attento a come si muoveva e a quello che diceva: insieme a qualche altro da rimettere in riga, nel loro mirino c'era lui. Da Manerbio talvolta il Carpesani spariva per mesi. Lavoro, rispondeva a chiunque gli domandasse dove andava. I bene informati sapevano che genere di lavoro fosse: il ruffiano, che altro lavoro poteva fare un tipo cosí? E coloro che la sapevano davvero lunga sostenevano anche che si facesse mantenere. Una puttana coi coglioni!, insinuavano. C'erano pur sempre in giro vecchie scarlampane che avevano ancora fame di carne giovane e il borsellino abbastanza pieno per pagarsela.

– Ecco il piú grande veterinario dell'Italia armata! – l'aveva salutato. – Con tutte le bestie che pascolano, e non solo quelle su quattro zampe, ne avrai da fare, – aveva aggiunto senza modificare il tono di voce, quasi ambisse a farsi sentire da tutti. L'Oreste s'era fermato, l'aveva guardato sorridendo.

– Te le vai proprio a cercare, – aveva replicato a mo' di saluto.

– L'hai detta giusta, – aveva risposto Enea, schiacciando l'occhio.

Poi, ridendo, aveva chiesto se gli concedeva l'onore di offrirgli da bere. Oreste non aveva avuto esitazioni, era entrato con lui dentro al bar, e sottobraccio. Il Carpesani, di appena un paio d'anni piú vecchio di lui, gli era simpatico, sempre stato. Perfino prima di conoscerlo, quando il padre riferiva in casa i resoconti che il suo impiegato faceva sulle mattane del ragazzo, un carattere indocile, insofferente alla scuola, ai libri. Mentre raccontava, non riusciva a mantenersi serio, anzi spesso si metteva a ridere, soprattutto ripetendo la frase con la quale l'Enea pretendeva di giustificare il proprio agire.

«Sono fatto cosí, la colpa non è mia, di madre natura piuttosto!»

C'era stato un momento, nel corso di quegli anni, in cui il notaio Piedivico, nel tentativo di dare una mano al suo uomo di fiducia, gli aveva fatto una proposta. Era ancora il tempo in cui in casa resisteva una tenue speranza che Oreste rilevasse lo studio. Bene, di erede in erede, se il Carpesani senior fosse riuscito ad ammansire il figlio, questi avrebbe potuto prendere il suo posto, cosí da garantirsi un futuro. L'Enea, a costo di improbe fatiche, era riuscito a strappare un diploma di ragioniere e aveva anche fatto una sorta di sudatissimo apprendistato presso lo studio Piedivico, guardato a vista dal genitore. In quel lasso di tempo tra i due delfini era maturata una discreta amicizia. Tant'è che a lui, prima che ad altri, il giovane Oreste aveva confessato che mai e poi mai avrebbe seguito le orme paterne.

Veterinario, ecco cosa voleva diventare.

E l'Enea, per tutta risposta, gli aveva detto che pure lui mai e poi mai avrebbe seguito le orme paterne. Non aveva specificato però cosa volesse fare in alternativa, sentenziando unicamente che la vita se la voleva godere. Le strade dei due s'erano poi divise: quella di Oreste alla scuola di Parma, quella dell'Enea diretta chissà dove. Pareva che i loro destini non dovessero piú incrociarsi, finché invece a distanza di qualche anno si erano ritrovati. Il Piedivico frequentava il secondo anno di studi, l'Enea l'aveva aspettato quasi schiacciato contro il muro di lato al portone dell'edificio dove stava a pensione. Gli aveva chiesto se poteva ospitarlo per la notte, salutandolo dapprima come se si fossero lasciati la sera avanti.

«Ma cosa diavolo ci fai qui?» era sbottato il Piedivico.

«Magari è meglio se non te lo dico, non credi?» aveva risposto lui.

L'Oreste aveva pensato a un guaio di natura politica, il Carpesani l'aveva subito disilluso.

«Con la politica mi ci netto il culo».

Donne piuttosto, gli aveva confessato piú tardi, quando già era nella sua camera. Un campo, aveva dichiarato ridendo, che forse era ancora piú rischioso della politica e dove bisognava stare attenti a non pestare i calli a qualche concorrente d'affari.

«Diciamo che ho tentato di allargare i confini della mia attività senza successo».

Il contatto tra loro, sospeso per qualche tempo, s'era dunque ristabilito mentre l'Enea raccontava della sua precipitosa fuga da una casa di tolleranza dopo aver cercato di convincere una «prosperosa moretta» ad abbandonare quel giro per entrare nel suo. Da allora, quando i due si incontravano a Manerbio, l'Oreste pretendeva sempre di essere informato sulle «attività» dell'amico, di cui amava lo spirito guascone. Cosí era capitato anche quella sera. E mercé un paio di Campari, forse tre, i nervi, soprattutto quelli del Piedivico, si erano progressivamente rilassati.

Pur mantenendo l'appartamento ereditato dai genitori in città, il Carpesani aveva il suo «quartier generale» in una villettina poco fuori Offlaga, a un tiro di schioppo da lí, ma decisamente meno esposta a occhiate curiose e a chiacchiere. Era un luogo di transito dove sostavano delle ospiti prima di trasferirsi altrove.

– Se mi spiego, – aveva sottolineato Enea.

– Come no, – aveva risposto il Piedivico, che già avvertiva il benessere degli aperitivi e con la mente tornava indietro nel tempo. Ma l'Enea l'aveva subito riportato lí, al tavolino del bar, a quella sera che profumava di primavera. Perché giusto da un paio di giorni nella sua tana cinguettavano – aveva usato questa parola – due colombelle che di lí a poco avrebbero preso il volo. Due miracoli di madre natura, temprate dalla vita all'aria aperta, solide là dove le mani di un uomo potevano aggrapparsi con la certezza di trovare un appiglio.

– Soddisfarne una e lasciare l'altra a bocca asciutta? – aveva buttato lí.

Farle partire senza aver assaggiato le grazie né dell'una né dell'altra?

– In nome dell'antica amicizia! – aveva concluso l'Enea, sollevando il bicchiere vuoto. La sua faccia da moschettiere avrebbe meritato una fotografia.

– Massí, – aveva deciso Oreste Piedivico.

E sulla macchina del Carpesani, mentre facevano ritorno a Manerbio, tra sé, contrariamente a quanto previsto, aveva dovuto ammettere che non si sentiva per nulla in colpa.

– Alla prossima, – aveva salutato l'Enea.

– Perché no, – aveva risposto lui.

La cautela con la quale Oreste si infilò nel letto pensando che la moglie dormisse confermò a Lidovina ciò che il sentore di profumo le aveva fatto sospettare. Tuttavia non riuscí a trovare dentro sé la minima traccia di gelosia. Un dolore, piuttosto, come se lei non fosse piú la giovane donna che era, ma ormai un'anziana, destinata a rimpiangere gli anni della gioventú, i sorrisi di quell'età, le amiche e gli amici scomparsi. L'Oreste era caduto quasi subito nel sonno. Il suo respiro regolare le richiamò alla memoria certi momenti dell'infanzia quando, dopo aver chiesto il permesso ai genitori, partiva di corsa attraverso i campi con le braccia aperte come fossero ali d'aereo per accarezzare l'erba. E suo padre, che dopo quelle corse le diceva che avrebbe voluto avere lui tanta energia. Sua madre le asciugava il sudore, le dava da bere un po' d'acqua dopo averci strizzato un limone. Dov'era finita la Lidovina di allora? Si rispose che era lí, ancora lí, nonostante l'ennesima giornata trascorsa tra il letto e la poltrona. L'Oreste si mosse, mormorando qualcosa e spandendo nell'aria altro profumo. Forse l'aveva tra i capelli, una carezza, chissà. Lidovina mise i piedi fuori dal letto, scalza si avvicinò a un cassettone sopra il quale stava una specchiera con l'argentatura qua e là rovinata. Si guardò, il riflesso era spettrale. Tale e quale... e non poté fare a meno di sorridere, un sorriso che lo specchio trasformò in un ghigno... tale e quale a una suora che dirigeva il coro in cui cantava da bambina. Vecchia le sembrava allora suor Arminia, quando probabilmente non lo era ancora. Usava dire qualcosa in latino, se una delle coriste affermava di non riuscire a memorizzare una strofa o si dichiarava incapace di beccare una nota. Le invitava ad agire contro sé stesse, ad allenare la forza di volontà. Avrebbe voluto accennarla, una di quelle canzoni, sempre che riuscisse a ricordarne le parole.

Notò solo in quel momento le macchie che imbruttivano lo specchio. Volti di morti erano passati da lí, guardandosi, facendo smorfie o sorrisi, come lei adesso. Lidovina si spostò di lato con un passo, poi si specchiò di nuovo. Per assicurarsi di essere viva. Chissà la suora, chissà le altre bambine che erano nel coro insieme con lei. Suo marito dormiva tranquillo. Ebbe la tentazione di svegliare l'intera casa, correre dal figlio, portarlo a passeggio. Ma le bastò pensarle, quelle cose, per sentirsi stanca. Allora ritornò verso il letto, si coricò, annusò l'aria, non le parve di percepire alcun odore.

Domani, disse tra sé.

Era all'incirca la metà dell'anno 1935. Il primo a rendersi conto del nuovo corso fu lo stesso Felicino: la mattina seguente sua madre lo prese in braccio, e lui rispose piangendo.

Anche Versalia aveva pianto, pure lacrime di felicità, quando la padrona, com'era abituata a chiamarla, le aveva chiesto di passarle il bambino. E infine Lidovina s'era lasciata andare alla commozione, mischiando la gioia per aver tenuto per un po' tra le braccia il figlio e la delusione, comprensibile, per il fatto di doverlo restituire alla ragazza affinché si calmasse. Oreste Piedivico non era presente a quella piccola rinascita della moglie, era uscito da casa presto benché non avesse alcuna necessità di farlo. Ma gli era sembrato di avere addosso le scorie della notte e si era convinto che solo la luce dell'alba potesse rimuoverle a fondo, cosí che Lidovina non sospettasse nulla della scappatella. Ne aveva preso atto solo a pranzo, apprendendo che per il pomeriggio le due donne avevano programmato una breve passeggiata: loro a braccetto, il Felicino in carrozzina. Respirando finalmente aria fresca, Lidovina avrebbe avuta pronta sulle labbra la risposta alle domande che chissà quanti, per semplice curiosità o sincero interesse, le avrebbero rivolto.

– Come va?

Bene.

Bene anche se non era facile come poteva apparire, e le settimane, i mesi che erano seguiti l'avevano dimostrato. Lidovina Piedivico ci aveva messo tutta la buona volontà che le era riuscito di trovare, ma spesso il vigore fisico, tanto banale quanto necessario, l'aveva abbandonata. Capitava in certe giornate durante le quali si svegliava percependo una nausea che pareva quasi si volesse nascondere per ingannarla, e che tornava prepotentemente al momento dei pasti. In quei frangenti i consigli della vecchia suora – vecchia senza dubbio, sempre che fosse ancora al mondo – servivano a ben poco. E se, nonostante tutto, si forzava a mangiare qualcosa, le toccava subito restituirlo. Diverse erano le volte in cui poteva dire di stare bene senza dover mentire, rassicurando marito, figlio e pure la Versalia che non si dovevano preoccupare, le giornate storte capitavano a chiunque, a maggior ragione potevano capitare a lei dopo quello che aveva passato.

La primavera era cosí trascorsa tra i chiaroscuri di qualche giornata sí e qualche giornata no, siglata dalle occhiate che Oreste Piedivico scagliava, credendo di non farsi notare, alla moglie.

– Non sono una delle tue bestie, – scherzava lei quando lo sorprendeva a scrutarla.

Non si fidava forse delle sue parole? Si sentiva sempre meglio! Il tempo poi, la stagione, era dalla loro parte, la luce del giorno pareva non spegnersi mai, e anche quando la notte calava durava ancora nel sogno.

Fu un'estate che riuscí in parte a correggere il pallore della giovane madre, colorandone perfino l'umore, e che illuse il marito. I due, insieme al Felicino e spesso anche alla Versalia, presero l'abitudine di trascorrere parecchi fine settimana presso la cascina dell'Anzibene. Furono giornate dense di tinte corpose, rumori netti, cieli infiniti spesso velati dal calore che saliva dalla terra. Per Lidovina un ritorno agli anni che l'avevano vista crescere e diventare donna, per Oreste un'immersione a tutto tondo nel mondo di cui aveva sempre sognato di fare parte. Spesso, e soprattutto nelle prime ore del pomeriggio, quando la pigrizia invitava i tre adulti, quattro se la Versalia era con loro, a un riposo che non aveva niente a che vedere con l'oblio del sonno notturno, il Felicino sgattaiolava fuori dalla casa e si piantava a fissare meravigliato il panorama apparentemente sconfinato che aveva sotto gli occhi, passando delle mezz'ore fermo cosí, a sbattere solo le palpebre. Lidovina, invece, approfittando delle ore piú fresche lo accompagnava in giro per la tenuta, lungo i sentieri su cui aveva corso quand'era bambina, invitandolo a fare lo stesso ma senza ottenere risultati. Quanto all'Anzibene, che nonostante l'età teneva ancora qualche vacca e un cavallo – non certo quello che il Piedivico aveva castrato un tempo –, tentò di avvicinarlo alle bestie. Il ragazzino non diede segno di temerle, ma anche in quel caso non mostrò interesse. Ridendo, a Oreste scappò che, se in famiglia volevano un altro veterinario, bisognava ritentare il colpo; fu un piccolo incidente di percorso che rischiò di oscurare la leggerezza di quella momentanea sospensione della vita quotidiana.

Alla sera il nonno teneva a lungo in braccio il nipote, e il Felicino sentiva emanare dal suo corpo lo stesso afrore che percepiva nell'attimo stesso in cui scendeva dalla macchina per entrare in quella casa. Già, perché il Piedivico nel frattempo si era munito di un'auto, una Fiat 508 Balilla nuova nuova, benché continuasse a prediligere la sua vecchia moto per andare di qua e di là. Al volante gli sembrava di diventare un'altra persona, quasi tradisse ciò che era sempre stato. Diceva che presentarsi da questo o quell'allevatore alla guida di un'auto sarebbe risultato presuntuoso, che avrebbero avuto meno fiducia in lui. L'aveva acquistata ricorrendo per la prima volta ai soldi che suo padre gli aveva lasciato in eredità, e dato che di auto capiva poco, s'era fatto aiutare dallo Sgualazzi, lo stesso sedicente meccanico che gli aveva fornito la motocicletta. Era stato proprio lui, forse con l'intenzione di scherzare, a fargli notare quanto fosse strano vedere un veterinario alla guida di una macchina. Il Piedivico aveva sorriso, ma intanto il sospetto era nato ed era rapidamente diventato una solida certezza.

Lidovina evitò con cura di mettere piede nel salottino della sua vecchia casa, sebbene ne avesse avuta piú volte la tentazione. Le fantasie che il buio di quella sera lontana le aveva suggerito si erano stinte, o forse nascoste dietro le quinte del tempo. O, meglio ancora, si erano ricomposte dentro un preciso disegno di emozioni quando aveva dovuto decidere in pochi istanti il futuro della sua vita. Non solo della sua, anche di due altri esseri umani. Inutile, addirittura pericoloso, immergersi in un passato cui, comunque, non si poteva piú rimediare. Se cosí facendo avesse infine compreso ciò che allora non le era riuscito o non aveva voluto comprendere? L'estate adesso confortava le sue ore, anche se di tanto in tanto i temuti giorni-no ritornavano. Ma era divenuta abile a nasconderli agli altri.

Quel periodo si chiuse come un libro appena terminato. Una mano che si appoggiava sulla copertina, lo sguardo che vagava ripensando alle ore di diletto regalate dalla lettura, il desiderio di rivivere un'esperienza analoga. Un raggio di sole penetrava nella stanza, l'onnipresente pulviscolo ricordava un mobile sul quale si poteva tracciare un segno o un messaggio che poi uno straccio avrebbe cancellato. Una voce familiare che chiamava per il pranzo, la merenda, la cena. Erano gesti, immagini su cui Lidovina fantasticò quando prese atto che la bella stagione stava per lasciare il passo al primo autunno, sensazioni che visse con un imprecisato sentimento di fatalità.

Il momento del ritorno a Manerbio aveva ogni volta il sapore di una cerimonia. Il vecchio Anzibene stava sulla porta di casa. Si faceva avanti l'Oreste che stringeva la mano al suocero, scambiando qualche parola. Poi toccava alla Lidovina che abbracciava il genitore, raccomandazioni da parte di lui, rassicurazioni da parte di lei. Infine era il turno del Felicino, che veniva spinto delicatamente verso il nonno. Niente baci tra uomini, diceva l'Anzibene, scompigliando con una mano che sapeva di stalla i capelli del bambino. Il crepuscolo incombeva, qualche muggito saliva nell'aria, anche le vacche salutavano.

L'ultima domenica di quell'estate sarebbe stata una giornata analoga a tante altre se Versalia non avesse preso un'iniziativa con un piglio che fino ad allora aveva tenuto nascosto chissà dove. Forse ringalluzzita da un'aria che era pur sempre stata quella del suo mondo, mentre entrava in casa aveva dichiarato che quel giorno avrebbe cucinato lei. Non aveva chiesto il permesso di farlo.

– Cucino io, – aveva detto, e morta lí.

Alla domanda «Cosa?», che l'Anzibene aveva posto primo fra tutti, la risposta era stata altrettanto decisa.

– Il pollo coi peperoni, – una sua specialità.

E sul «dove» trovare l'uno e gli altri, Versalia, per la sorpresa di tutti, era stata altrettanto diretta e decisa.

– Non siamo forse in una cascina?

Non c'era qualche gallina a cui tirare il collo, non c'erano forse, e c'erano, li aveva visti, gli ultimi peperoni della stagione?

– Brava Versalia! – aveva esclamato il Piedivico battendo le mani, dando una sorta di imprimatur all'iniziativa.

Il pollo, manco a dirlo, era riuscito una meraviglia. Ma la meraviglia vera era stata un'atmosfera che tutti avevano avvertito, a cominciare da Felicino, che con invidiabile appetito s'era servito piú volte, quasi temesse che mai piú in vita sua avrebbe mangiato un piatto del genere; aveva succhiato perfino le zampe del pollo, che Versalia aveva fatto bollire a parte insieme con il collo e la testa. La prodezza della giovane aveva avuto il senso di un segnale, un avviso che nulla si ripeteva allo stesso modo, sia nel bene sia nel male. Ed era racchiuso in ciò un malinconico affetto per quello che scivolava rapidamente nel passato, speculare all'ansia di scoprire ciò che invece attendeva. Tanto per ribadire che quella era diventata una domenica particolare,

Oreste Piedivico si propose per lavare i piatti e pretese di farlo senza alcun aiuto, nonostante le proteste della domestica. A sera la consolidata cerimonia dei saluti si ripeté.

L'abbraccio tra l'Anzibene e la figlia però durò un poco di piú del solito. C'era un motivo, che l'uomo sussurrò nell'orecchio della figlia.

– Ti ho sentita tossire, c'è qualcosa che non va?

– Non è niente, forse ho sudato, – rispose Lidovina.

Poi, con un sorriso, fece notare al padre che sulla punta del mento aveva ancora un po' di unto lasciato dal pollo coi peperoni.

6.

All'inizio dell'autunno, mentre la natura modificava i suoi colori per poi disperderli di lí a qualche mese, Lidovina Anzibene sembrò volerla anticipare perdendo il velo ambrato che le si era dipinto sul viso. Felicino non dava pensieri di sorta, anzi, nessuno piú aveva pensieri riguardo alla sua salute. Era magro, tutto lí. Semmai suo padre si interrogava su chi dei due gli avesse trasmesso quella tranquillità di carattere che si andava evidenziando. Obbediente, metodico, non era mai necessario alzare la voce con lui. Scherzando, quando lo vedeva intento a fissare immaginari punti nel vuoto o sul piano della tavola, Oreste diceva che magari avevano messo al mondo un essere contemplativo, destinato a farsi eremita o a finire in un convento. Lidovina rispondeva che bisognava aspettare il momento in cui sarebbe andato a scuola e si sarebbe confrontato con i suoi coetanei, che incontrava solo occasionalmente quando veniva portato a passeggio; allora le cose sarebbero cambiate. Chissà, era la risposta del marito.

Versalia irruppe in quell'ovattata dimensione domestica pari a un temporale fuori stagione. Col rossore di chi avverte che si sta forse impicciando di affari d'altri, ma con la sicurezza di non poter piú tenere per sé una preoccupazione.

Accadde in un pomeriggio di novembre. Il tempo dedicato ai santi e ai morti era passato da poco, il paesaggio intorno non si era ancora arreso al grigio e al silenzio. Oreste Piedivico era chiuso nel suo studiolo dove, se il lavoro gliene lasciava il tempo, era solito leggere, rivedere certe pratiche della sua arte oppure dedicarsi al bilancio domestico. Lidovina stava riposando come suo solito. Da giorni ormai Versalia cercava di chiamare a raccolta il coraggio per entrare in azione. Quando bussò alla porta dello studio del Piedivico aveva nella mente l'immagine di sé stessa che levava la tovaglia dalla tavola per andare a sbatterla sul retro della casa. Il Piedivico rispose: – Avanti –. Versalia si fermò sulla soglia, cosí fu ancora lui a parlare.

– Cosa c'è?

Malferma sulle gambe e incespicando nelle parole, la donna disse che non poteva piú tacere della tosse che perseguitava sua moglie da giorni, da settimane, una tosse che si era fatta insistente dalla fine dell'estate, una tosse che lei sentiva quotidianamente e che forse a lui era sfuggita visto che stava in giro quasi tutto il giorno. Una tosse, chiarí Versalia, che Lidovina comprimeva invece quando lui era presente, magari per non dargli altre noie. Questo fu ciò che Versalia disse al dottor Piedivico, con una precipitazione dovuta alla necessità di sgravarsi dal cruccio, arrossendo sempre di piú.

Di quella tosse il Piedivico non poteva sostenere di essere all'oscuro. La sentiva in particolare di notte, quando Lidovina credeva che lui dormisse, quando si alzava per sfogare l'accesso in modo da non disturbarlo. A occhi chiusi, senza dire niente, aspettava che la moglie tornasse, pacificato dal silenzio e dal respiro di lei che di lí a poco ripiombava nel sonno. Piú volte gli era capitato di riaprire gli occhi e rimanere sveglio, combattuto tra due diversi pensieri. E l'aveva sempre avuta vinta uno dei due, quello che gli suggeriva di non preoccuparsi, la tosse prima o poi sarebbe passata. Non aveva voluto ammettere la possibilità che in quell'autunno ormai prossimo all'inverno una nuova ombra stesse per allungarsi sulla sua casa. Adesso però le parole della Versalia avevano dato corpo e sostanza a quello stato di cose. Non ebbe bisogno di rispondere alcunché, accettò la realtà passandosi una mano sul mento da cui spuntava una barba di due giorni.

– Mi dispiace, – mormorò Versalia e nel tono della sua voce c'era quella presunzione di disgrazia che spesso lui riscontrava nelle parole di coloro che erano cresciuti in campagna, considerando la vita una specie di tranello continuo, guardandola con timore, già arresi anche davanti a qualche linea di febbre alla fatalità del destino.

Quasi fosse la pessima trama di un'altrettanto pessima storia, Lidovina Piedivico due giorni piú tardi ebbe il suo primo sbocco di sangue. Ne fu testimone Versalia e fu lei a mostrare al Piedivico il fazzoletto macchiato. Ormai non si poteva piú far finta di niente. Oreste volle consultarsi immediatamente col dottor Vialba, una chiacchierata a quattr'occhi, prima ancora di fargli visitare la moglie. Questi chiese qualche informazione, da quanto tempo, se ci fossero stati sintomi o segni, volle notizie, particolari, la temperatura corporea della donna in specie, se avesse avuto febbre insomma, soprattutto la sera.

– Ma calma, calma! – ripeté nel tentativo di sedare l'ansia, non priva di un certo sentimento di colpa, del Piedivico, che aveva di già ipotizzato la presenza di un focolaio tubercolare. Certo, c'era piú di un indizio, lo stesso Vialba era propenso a crederlo, drammatizzare però non sarebbe stato utile a nessuno.

– Potrebbe essere, – disse. – Ma anche fosse cosí, siamo di fronte a una fase iniziale di malattia. Non bisogna fasciarsi la testa prima di averla rotta. Per intanto facciamo le verifiche del caso, poi si vedrà.

Lasciasse fare a lui, aveva voluto intendere, quando c'erano di mezzo esseri umani toccava a lui intervenire.

La cutireazione di von Pirquet con la cosiddetta tubercolina vecchia fu il primo passo effettuato per dirimere la questione. Occhiate curiose (lo sguardo indagatore del paese che poi si sarebbe messo al servizio della lingua) colsero Lidovina sottobraccio al marito mentre insieme si recavano presso lo studio del Vialba il giorno stabilito per eseguire l'esame. I due che passeggiavano cosí in fondo erano uno spettacolo insolito: talvolta li si vedeva in giro, ma soltanto di domenica, quando si recavano a messa, o al pomeriggio nei giorni di festa. L'esito dell'esame fu positivo.

– Potrebbe essere anche un falso positivo, – comunicò il Vialba. – Tuttavia...

Tuttavia, cosa?

La domanda uscí spontanea dalla bocca dei due. Curiosa della risposta lei, lui immaginando già ciò che il dottor Vialba si stava disponendo a comunicare.

Non era la prima volta che gli capitava di affrontare casi del genere, forme dubbie per le quali era necessario effettuare indagini che avrebbero evitato guai seri, riferí il dottore.

Vaselina, fu il pensiero del Piedivico.

– Diciamo che sarebbe opportuno un periodo di osservazione... – quasi balbettò il Vialba.

Fu la Lidovina a chiedere dove.

Ecco, pensò il marito.

– Ecco... – fece il Vialba.

In quanto a quello si potevano dire fortunati perché non molto distante da lí, vicino a Clusone, nel territorio di quel comune insomma, c'era...

– Cosa? – tornò a chiedere la Lidovina, che aveva mutato il tono però, non piú curioso come prima.

La risposta uscí dalle labbra del Vialba sillaba per sillaba.

– Un sanatorio.

Poi la lingua del dottore riprese velocità come avesse finalmente superato una vetta.

– È a Piario, in località Groppino.

Val Seriana, aggiunse infine, sfiatato.

Lo sguardo della Lidovina si incrociò con quello del marito.

Per quanto poco ne sapesse, la donna non poteva ignorare il significato di quella parola, il tipo di malattie cui alludeva.

– Vuole dire che… – sussurrò rivolgendosi al marito quasi che il Vialba fosse scomparso.

– Ne avevo il sospetto, – disse il Piedivico.

– Lo ribadisco, non fasciamoci la testa prima di averla rotta.

Adesso che la brutta notizia era stata rivelata il Vialba aveva ritrovato la sicurezza di sé, la padronanza della propria voce, la consapevolezza di ciò che andava fatto per il bene della donna.

– Se anche si trattasse di tubercolosi, – disse, – siamo di fronte a un esordio della malattia.

Era il momento di prendere il toro per le corna, e stante il riferimento al bovide gli scappò un mezzo sorriso. Lassú, grazie al cambio di ambiente, alla dieta, alle passeggiate e all'elioterapia, Lidovina Piedivico avrebbe rapidamente recuperato la sua salute, cosa che lí a Manerbio, in quella pianura schiacciata dal sole oppure morsicata dal freddo e dalle nebbie, non sarebbe stato possibile.

– Questo è il mio consiglio, – concluse il Vialba.

Marito e moglie tornarono verso casa senza scambiarsi una parola. Versalia li attendeva con una certa apprensione, fiutando qualcosa nell'aria, ma sul momento non ebbe di che soddisfare la propria giustificata curiosità. Né il Piedivico né la moglie parlarono fino a sera. Come se entrambi volessero godere la già scarsa luce di quell'autunno che si avviava al termine, cosí che niente potesse oscurarne il ricordo. Forse il solo Felicino non ebbe alcun sospetto, Versalia l'aveva opportunamente tenuto fuori casa per l'intero pomeriggio nonostante la giornata fosse tutt'altro che invitante e osservandolo aveva intuito in quel bambino i primi segni dell'ometto che sarebbe diventato. Dopo cena la stanchezza lo piegò al sonno. Lidovina evitò di baciarlo, fu il marito ad accompagnarlo nella sua camera. Poi si sedette al tavolo in cucina; la penombra aveva ormai invaso il locale, Lidovina era ancora lí, nessuno dei due accese la luce. Era nel buio, rifletté Lidovina, che si prendevano decisioni destinate a cambiare la vita. Fu nel buio che si levò la voce del marito.

– Cosa vuoi fare? – chiese tanto per rompere il silenzio e affrontare la questione.

– Ci sono alternative? – ribatté lei.

Il campanile della chiesa suonava le otto, con lunghi rintocchi che non trovavano ostacoli mentre il buio sposava il cielo alla terra come in un rito arcaico.

Al Felicino bisognava dire che la mamma sarebbe stata lontana qualche settimana per curarsi, dopodiché sarebbe tornata. Mica si poteva tenerlo all'oscuro di una cosa che avrebbe cambiato per un po' le consuetudini casalinghe. Il silenzio che, oltre alla magrezza, era una delle caratteristiche distintive di quel bambino non significava indifferenza a quanto gli succedeva intorno. Certi suoi sguardi spesso dicevano molto di piú delle parole, a conferma di ciò che la Versalia pensava, cioè che in quell'esserino ci fossero già, benché in nuce, i tratti di un ometto fatto e finito, il quale aveva già intuito che la vita era tutt'altro che perfetta ed era inutile combatterla. Quindi non si poteva mentire sulla partenza della madre alla volta del sanatorio. Semmai bisognava far passare quell'informazione come cosa corrente, adeguare il tono, non proprio come se si trattasse di una vacanza, ma insomma... E soprattutto...

– Soprattutto non con quella faccia, Versalia, – si era raccomandato il Piedivico qualche giorno prima della mattina destinata alla partenza. Via quello che sembrava un mezzo sorriso e invece altro non era che la lieve tensione dei muscoli del viso che trattenevano la voglia di piangere. Non era il caso di rendere la situazione ancora piú pesante.

– Non preoccupatevi, dottore, – aveva risposto lei.

– E basta con questo voi, – aveva aggiunto lui.

«Dottore» era piú che sufficiente quando erano con qualche cliente, il voi invece, specie quando erano tra loro, suonava ridicolo sulla bocca di una persona che per i Piedivico era ormai una specie di parente.

Com'era giusto che fosse, Versalia era stata informata immediatamente del ricovero in sanatorio. Non c'era stato bisogno di raccomandarsi affinché tenesse per sé la notizia. Tuttavia la voce, pur non confermata, era filtrata chissà come attraverso le trame del buio o risultata da certe speculazioni oziose. E chi meglio di lei poteva dire se fosse vera oppure una delle solite chiacchiere nate dal bisogno di dare aria alla bocca? Sta di fatto che in quei pochi giorni prima della partenza per Groppino, ogni volta che Versalia era stata a Manerbio per le commissioni quotidiane, fare la spesa o anche solo imbucare una lettera, oppure portare il ragazzino a passeggio, piú d'uno o una l'avevano avvicinata per chiedere lumi. La sua risposta era sempre stata la stessa, un deciso negare in dialetto:

Cosa ne sapeva lei? Era solo la serva – parola che in casa Piedivico non avevano mai usato – e alle serve non si raccontavano gli affari di famiglia. Dopodiché, se era con il Felicino, lo spingeva per la schiena perché si allontanasse da quella pelosa curiosità.

Volevano sapere?

Che andassero a chiedere a lui, al dottore, no?

Ma nessuno avrebbe osato spingersi a tal punto. Versalia non aveva confidato ad anima viva il disagio che quegli incontri le mettevano in corpo. Tanto piú che, partita la signora, tutte le chiacchiere avrebbero finito per essere confermate, dando origine a nuove curiosità e nuove domande.

7.

Il dottor Vialba aveva rassicurato Lidovina.

– Sarà cosa breve, vedrà, questione di poche settimane.

E alla donna quella previsione parve un tempo senza limiti. In macchina, man mano che si allontanava da casa, mentre la pianura sfilava sotto i suoi occhi con le distese di campi ancora in attesa delle ricche messi che vi sarebbero maturate, le parole del Vialba continuarono a risuonarle nelle orecchie. Riusciva quasi a rivedere il medico nell'attimo stesso in cui le aveva pronunciate. Ma mentre la sua figura si disfaceva lentamente, sfumando fino a scomparire, quelle parole avevano assunto un ritmo incalzante, consono al canto del motore. Quando avvertí che non poteva piú trattenersi si rivolse al marito.

– Credi anche tu che riuscirò a tornare per godermi un'altra estate?

Il Piedivico aveva giudicato l'uscita del Vialba per quello che era, una frase di circostanza per tirare un po' su di morale la moglie. Era costume tra loro che si occupavano della salute, della vita e della morte di esseri viventi, uomini, donne, animali, tutti segnati da un inizio preciso e da una fine che prima o poi si sarebbe palesata. Dare speranza costava poco e aiutava molto.

– Goderti un'altra estate? – rispose cercando di ridere. Una sola?

E poi, le sembrava cosí piacevole l'estate in pianura?

– Non ne conosco altre, – ribatté Lidovina quando ormai avevano raggiunto il fondovalle, quella val Seriana che nessuno dei due aveva mai visto. Il Piedivico approfittò del silenzio della moglie per cambiare discorso, evitando altre domande alle quali non sarebbe stato in grado di rispondere.

– Sai quanti ci vanno in vacanza? – sbottò indicando con il capo un punto vago oltre il parabrezza.

– Su?

Massí, fece lui, su, in cima, dove la valle si apriva.

Gente che voleva scappare dal caldo, dall'afa, dalle zanzare, dall'insonnia e si godeva il fresco, le passeggiate, il panorama.

– Stai parlando di persone che ci vanno per divertimento e d'estate, non certo in inverno. Persone sane, che ad attenderle trovano una casetta o una pensioncina, non un sanatorio.

Lidovina, il tono meccanico, aveva guardato fissamente davanti a sé.

Il Piedivico volle continuare nel tentativo di sdrammatizzare la situazione.

– E be'?

Un sanatorio, dopotutto, non era altro che una specie di albergo.

– E poi bisogna considerare che alcuni per andare in vacanza preferiscono l'inverno.

La strada continuava lungo un fondovalle anonimo. Ciò che Lidovina avvertiva era un'impressione di disordine, quasi di abbandono. Non riusciva a lasciar correre lo sguardo verso l'orizzonte, pochi tetti raggruppati qua e là oppure la cima di un campanile che sembrava emergere dal bosco le mozzavano il respiro. O forse era la malattia.

Il Piedivico non aveva mai guidato cosí a lungo, teneva le mani serrate sul volante, un po' chino in avanti, con gli occhi cercava di anticipare le buche per evitarle, aspettava solo il momento in cui avrebbe visto le Prealpi bergamasche, il massiccio della Presolana.

– A ben guardare è cosí, – insisté.

In quel luogo, anche se era inverno, avrebbe avuto la possibilità, anzi l'obbligo di fare delle passeggiate, di esporsi al sole, di mangiare come fosse una vacanziera. Con in piú l'assistenza del personale che l'avrebbe aiutata a guarire in fretta.

L'auto imboccò infine il lungo rettilineo che conduceva alla struttura di ricovero, Lidovina confessò allora quello che s'era tenuta stretta per giorni.

– Ho paura, – disse.

La sentiva, era lí, ai lati della strada. Pini e abeti senza soluzione di continuità parevano aver liberato il tragitto apposta per loro. Sarebbero tornati a chiudersi dopo il loro passaggio? Lidovina non si girò indietro. I boschi si muovono, avanzano lentamente ma inesorabili. Forse in tempi remoti quegli alberi erano nati in pianura, poi avevano seguito un loro preciso destino e s'erano riuniti lí allo scopo di dare a tanti come lei l'ossigeno di cui avevano bisogno.

– Non ci pensare, – disse il Piedivico uscendo da quel corridoio e scorgendo infine, seminascosto da una corona di alberi altrettanto alti, l'edificio biancheggiante del sanatorio di Groppino.

Quando la macchina si fermò davanti alla scalinata che portava all'ingresso dell'edificio, Lidovina ebbe la tentazione di chiedere al marito di riportarla a casa. Il Piedivico era già sceso, con le mani sui fianchi stava sciogliendo i muscoli della schiena. I bagagli erano sul sedile posteriore, la lettera di presentazione che il Vialba aveva scritto era in una tasca della giacca di Oreste. Lidovina scese con un'impressione di vertigine, probabilmente a causa del viaggio in macchina ma anche del sole che splendeva gagliardo cogliendola di sorpresa. Nonostante le parole del dottor Vialba e quelle del marito, dentro di sé aveva ben altra immagine del sanatorio: un lazzaretto, un luogo buio, una tana.

Il direttore del sanatorio si chiamava Romualdo Gobbani ed era davvero un bel tipo. Non molto alto. A giudizio del Piedivico, che aveva l'abitudine di misurare al garrese ogni quadrupede che gli capitava sotto gli occhi, non superava il metro e sessantacinque. Era magro, occhialuto, di un biondo quasi bianco. L'occhio azzurro, penetrante; sbatteva in continuazione le palpebre, forse un tic, forse il fastidio della luce. Non indossava il camice, bensí la giacca e un papillon. Dimostrò subito di avere una certa propensione all'enfasi, a una giocosità che i due non si aspettavano di certo. Li accolse nel suo studio con un inchino esagerato.

– Benvenuti nel mio magico regno, – disse, invitandoli a entrare con un ampio gesto del braccio.

Attese che la coppia obbedisse all'invito.

– Lo so, lo so, – fece subito dopo aver chiuso la porta.

Aveva notato lo sguardo del Piedivico che percorreva la parete dietro la scrivania. Non c'erano, incorniciati, né diplomi né attestati o altro di simile. Nemmeno i ritratti di re e duce.

– Li abbiamo dimessi da tempo, – scherzò il Gobbani. – E non del tutto guariti, – aggiunse dondolando il capo.

Un crocifisso piccolo, ligneo, solitario sulla parete di destra.

– Lo so, – ribadí il Gobbani, – ma vi garantisco che in fatto di tisiologia me la cavo abbastanza.

Non era certo con le cartacce che si risolvevano i problemi di salute, ci volevano esperienza, intuito, passione...

– Meglio avere sotto gli occhi la meraviglia di queste montagne, – spiegò indicando le numerose fotografie che arredavano lo studio.

Poi mostrò ai due dove accomodarsi.

– Vi anticipo una cosa, – disse.

Conosceva i vezzi di coloro che entravano nel suo regno, esperienza anche quella.

– Non risponderò alla domanda sui tempi di permanenza.

Tutti volevano sapere, comprendeva il desiderio di ritornare quanto prima alla vita quotidiana, ma lui non aveva il dono di leggere nel futuro.

Una settimana, un mese, un anno?

– Chi può dirlo!

Poteva garantire che, per quanto lungo, sarebbe stato un soggiorno nei limiti del possibile piacevole.

– E con quel pizzico di fortuna che anche in questo lavoro è necessaria, quando sarà il momento vi saluterò scrivendo una lettera di dimissione che avrà il sapore di un lieto fine, come fossimo dentro a un bel romanzo d'amore.

Li guardò entrambi, sbattendo piú volte le palpebre, un sorriso da fumetto sul volto.

– Siamo d'accordo? – chiese.

Non attese una replica.

– E adesso vediamo cosa abbiamo.

Cominciare cosí significava partire col piede sbagliato. Fu il Gobbani a dirlo guardando il Piedivico mentre Lidovina non riusciva a trattenere le lacrime dopo aver sentito a quale camera l'aveva destinata e quale compagnia vi avrebbe trovato: una donna all'incirca della sua età che veniva da Brescia e una bella ragazza di famiglia meridionale, foggiana per la precisione, il cui unico difetto era quello di conoscere praticamente solo il dialetto delle sue parti, cosa che rendeva difficile, non impossibile però, scambiare quattro chiacchiere con lei.

– Su, su, – esortò il Gobbani, schiacciando l'occhio al Piedivico.

– Scusatemi, – mormorò Lidovina.

– Macché scuse, – ribatté il direttore. – Facciamo cosí piuttosto, – e di nuovo schiacciò l'occhio a Oreste, che era ormai sul punto di pensare si trattasse di un tic e non, come invece il Gobbani intendeva, di un modo per richiamare la sua attenzione. – Lei, dottore, ha da fare giú, nella sua piana desolata? – chiese infatti usando un tono teatrale.

Il Piedivico si strinse nelle spalle. Sí, no, come rispondere? Insomma, il da fare non gli mancava. Tuttavia era lí, aveva dedicato quella giornata ad accompagnare sua moglie: significava che qualunque cosa lo aspettasse giú, nella piana desolata, poteva aspettare.

– Benone, – approvò il Gobbani battendo le mani. Perché allora aveva una propostina per entrambi; usò proprio quel termine, «propostina», quasi fischiando tra i denti.

– Una mezza giornata in piú o in meno non cambierà granché, – disse.

Quindi espose la sua idea.

– Possiamo far entrare la signora da noi domani mattina.

– Ma... – fu sul punto di obiettare il Piedivico, fermato però da un gesto della mano del direttore.

In paese c'era una donna che affittava stanze ai familiari dei ricoverati quando salivano anche da molto lontano. Si chiamava Adelaide, settant'anni piú o meno, e alle spalle una storia abbastanza particolare. Nata a Clusone, all'età di dieci anni era stata mandata a Bergamo da certi parenti per imparare un mestiere quale che fosse e aveva fatto un apprendistato come sarta. Quando aveva da poco compiuto vent'anni era riuscita a trovare lavoro presso la sartoria del teatro Donizetti, che allora si chiamava ancora teatro di Fiera, e il suo destino in un certo senso si era deciso grazie al compositore cui poi il teatro sarebbe stato dedicato.

– Già, – spiegò il Gobbani, – perché in quell'occasione conobbe la persona che le avrebbe cambiato la vita.

Una mezzosoprano cui si legò professionalmente, e non solo... aggiunse il professore sfarfallando le mani.

– Sta di fatto che dopo il primo incontro lei la seguí ovunque andasse, una fortuna per una persona originaria di questa valle, dove chi non emigra altrove ha poche alternative, se non quella di adattarsi a una quotidianità che offre ben magre soddisfazioni.

Cosí Adelaide aveva girato il mondo, visitato le piú belle città d'Europa e di altri continenti, conosciuto persone di cui la maggior parte della gente poteva sapere qualcosa al massimo leggendo i giornali o le riviste. Fino a quando l'avventura...

– Un'avventura durata quasi una vita, – sottolineò il Gobbani.

... insomma, l'avventura era finita. Era accaduto in Argentina, al teatro Colón di Buenos Aires, nella primavera del 1909, pochi giorni dopo – i casi della vita! – l'ennesima messa in scena de *La Favorita*. La mezzosoprano, che aveva una quindicina di anni piú della sua accompagnatrice, s'era sentita male.

– Cuore, per quanto ne so.

E dopo una settimana di ricovero era spirata. L'Adelaide era ritornata in patria sulla stessa nave che trasportava il feretro della cantante e nonostante ci fosse stata la possibilità di continuare a lavorare come sarta – le proposte non le erano mancate – non aveva piú voluto saperne. A Clusone aveva ripreso possesso della casa di famiglia. Poteva campare dignitosamente con quello che aveva messo da parte e cosí aveva fatto.

– Quattro o cinque anni fa, invece, si è presentata qui, in questo stesso studio, per comunicarmi che aveva deciso di affittare un paio di stanze. Sulle prime le ho risposto che non credevo di essere la persona ideale per entrare in affari del genere, – raccontò il Gobbani.

Forse si era spiegata male, aveva ribattuto lei ridendo. Non intendeva entrare in competizione con le altre pensioni del posto, rubare loro clienti.

– Mi spiegò che voleva mettere le stanze a disposizione dei parenti dei miei ricoverati quando salivano fin quassú per passare qualche ora con i loro cari, specie di coloro che arrivavano da lontano e magari non avevano una gran disponibilità economica. Un cuore d'oro, non credete?

Il Piedivico assentí col capo, la moglie era ancora altrove.

– Bene dunque, – commentò il Gobbani.

Adesso che erano al corrente di quella storia sarebbe stato meglio muoversi.

– Non avrà niente in contrario a ospitarvi per una notte, – spiegò il Gobbani, soprattutto se si fossero presentati con un suo biglietto, come da espressa richiesta della donna. Dovevano considerare che sarebbe stato un ottimo modo per rendere meno brusco il passaggio, avrebbero avuto la possibilità di rilassarsi dopo il viaggio, prendere confidenza con il luogo.

– E tra l'altro Clusone è una località veramente deliziosa, se non la conoscete non mancherà di sorprendervi, – concluse il professore.

Oreste Piedivico infine accettò la proposta a nome di entrambi e senza tenere conto delle conseguenze, preoccupato solo che la moglie potesse ritrovare un minimo di serenità. Gli stava sfuggendo che giú, a Manerbio, nella sua piana desolata come l'aveva definita il Gobbani, qualcuno già da metà pomeriggio aveva cominciato ad attendere il suo ritorno. Dapprima la Versalia, cui verso sera s'era aggiunto l'Anzibene senior, primo tra i due a dare sfogo al dubbio.

Era forse successo qualcosa, un incidente? Perché diavolo il Piedivico non era ancora rientrato? Ormai era buio! Portato a letto il Felicino con la rassicurazione che al ritorno del papà non mancava molto, i due s'erano piazzati di vedetta, in un silenzio teso che ogni tanto si rompeva grazie ai passi dell'Anzibene attorno al tavolo di cucina, mentre Versalia pregava per l'anima del Piedivico senza riuscire a scacciare un pensiero che lo dava già per spacciato. Fu una lunga notte per tutti. Per i due su, a Clusone, che su suggerimento del Gobbani avevano visitato il luogo davvero ricco di meraviglie sulle quali svettava l'orologio astronomico Fanzago, che però aveva entusiasmato il solo Oreste, lasciando indifferente la moglie, e si erano chiusi poi nella stanzetta messa loro a disposizione dall'Adelaide, ascoltando il passare delle ore scandite dal campanile della basilica di Santa Maria Assunta. Giú, le due sentinelle di casa Piedivico non chiusero occhio e perlopiú evitarono di incrociare gli sguardi per la paura di vedere riflesse sul viso l'uno dell'altra le stesse preoccupazioni. Al Felicino che appena alzatosi chiese notizie del papà mentirono: era tornato, certo! Ma molto tardi, non aveva voluto che lo svegliassero, gli aveva proibito di farlo, poi era andato al lavoro. Toccò all'Anzibene imbonire il ragazzino con quella bugia, la Versalia aveva un groppo in gola che quasi le impediva di parlare.

Fu solo in tarda mattinata che la tensione si sciolse, quando il ben noto rumore della macchina li spinse tutti e tre a uscire di casa per accogliere Oreste. E fu solo in quel momento che il Piedivico comprese quanto fosse stato sciocco a non cercare il modo per avvisare che sarebbe tornato quella mattina. Spiegò come mai aveva deciso di seguire il consiglio del professor Gobbani, rinviando cosí, anche se solo di poche ore, la prima notte della moglie in sanatorio. Mentre raccontava, mentre l'Anzibene meditava di chiedere come e quando sarebbero potuti andare a trovare la figlia, mentre la Versalia imbastiva una scusa per allontanarsi e sfogare in segreto il magone che aveva trattenuto per cosí tante ore, Oreste Piedivico non poteva certo immaginare che quella appena trascorsa sarebbe stata l'ultima notte della sua vita in compagnia di Lidovina.

8.

Oreste Piedivico morí verso la fine di maggio dell'anno seguente, nascosto dentro una delle tante corpose nebbie della stagione. Non mancava molto all'alba, solo i rami piú alti del pioppo contro cui si schiantò erano in grado di vedere la prima sottile striscia di aurora. Morí sul colpo, fu questa la conclusione del dottor Vialba accorso in tarda mattinata sul luogo dell'incidente, il manubrio della moto non gli aveva lasciato scampo e lo aveva trapassato proprio sotto lo sterno. Poche ore piú tardi morí anche il vitello che avrebbe dovuto soccorrere.

La notizia giunse a Manerbio nel pomeriggio e girò rapidamente di bocca in bocca, sollevando parecchi interrogativi e anche qualche opinione poco opportuna sul fatto di andarsene in giro in moto qualunque fosse il tempo o la stagione. Era un po' come andarsela a cercare o no? Ma a far parlare soprattutto era la situazione in cui quella morte improvvisa lasciava la famiglia, la moglie ricoverata, il bambino ancora piccolo affidato alle cure di una ragazzotta. E certo sí, c'era anche il nonno, niente da dire su di lui. Ma appunto era un nonno, un uomo anziano: sarebbe stato in grado di fare fronte a una situazione del genere?

Al funerale accorsero in molti, da Manerbio, ma anche dalle cascine e dalle campagne intorno, allevatori e coltivatori, soggetti che piú di altri potevano dire di conoscere davvero il defunto e rimpiangerlo non solo per la sua abilità professionale. Il podestà volle che alle esequie l'amministrazione partecipasse in veste ufficiale, con il gonfalone del comune e una rappresentanza della consulta in prima fila. Tra i tanti ci fu l'Enea in uno degli ultimi banchi, alla larga da un gruppetto in camicia nera che s'era affiancato agli amministratori; sul viso portava certi segni che denunciavano una discussione abbastanza recente, del genere di quelle in cui gli capitava di venire coinvolto. Non mancò nemmeno Ottaviano Pendoli, l'antico innamorato di Lidovina Anzibene in Piedivico. Anche lui, pur tenendoli per sé, aveva condiviso i pensieri di molti circa il futuro di quella famiglia. Non aveva piú rivisto Lidovina, ma a differenza di tanti innamorati delusi non aveva mai fatto alcun tentativo per cercare di dimenticarla. Pensare a lei, a volte cosí intensamente da illudersi di sentirne la voce o addirittura avvertirne la presenza, non gli dava alcun tipo di dolore. Non perdeva mai occasione di ascoltare notizie che la riguardavano e sapeva ciò che le era capitato, la malattia, il sanatorio. Quando il corteo funebre imboccò l'ingresso del cimitero se ne staccò e rimase ad ascoltare le voci delle ultime preghiere, un'eco che si mischiava a quella di corvi lontani.

I corvi dell'inverno appena trascorso erano passati alti nel cielo, il loro rugginoso gracchiare aveva spesso svegliato Lidovina all'alba. Nulla invece poteva interferire con il sonno delle sue compagne di stanza, la bresciana nascosta sotto le lenzuola, e la giovane foggiana, che russava senza tregua con toni mascolini e pareva fare anche quello in dialetto.

Secondo il professor Gobbani per il primo mese di degenza sarebbe stato meglio lasciare in pace la paziente. Visite troppo a ridosso del ricovero nella sua esperienza rischiavano di intaccare il morale degli ammalati, già in precario equilibrio. Un mese invece era un tempo sufficiente affinché si adattassero, permettendo loro di non sentirsi incalzati dai familiari, che inevitabilmente portavano con sé aria di casa e pur non volendo diventavano ambasciatori di nostalgie. La prima visita che il Gobbani aveva concesso al Piedivico era caduta a inizio dicembre e Oreste era salito verso Groppino in compagnia del suocero sotto un cielo che minacciava neve. Il Felicino aveva chiesto se al ritorno sarebbero stati in tre, intendendo con ciò se sulla macchina ci sarebbe stata anche la madre. Con la nozione del tempo consona all'età aveva calcolato che ne fosse passato piú che a sufficienza per una guarigione rapida, come gli era stato garantito. Il padre era rimasto sul vago, certo che ci sarebbero voluti altri mesi perché la moglie si rimettesse completamente. Ma, supportato dal suocero, covava la speranza di riportarla a Manerbio almeno per passare il Natale assieme: le lettere che Lidovina scriveva esprimevano benessere e tranquillità, sembravano scritte da una persona che se ne stava lassú in vacanza anziché chiusa dentro un sanatorio. Il Gobbani li aveva presto disillusi. Prima che si avviassero al parlatorio dove avrebbero incontrato la donna aveva voluto informarli, senza fare ricorso a perifrasi, che il suo era un caso di malattia conclamata.

– Il che non significa niente di piú di ciò che ho detto, – aveva specificato. Quindi: – Digerire subito la notizia, – aveva continuato, – e presentarsi da lei con un bel sorriso sulla faccia. Essere ammalati non vuol dire avere già un piede nella fossa. In questo luogo siamo abituati a guarire le persone anche qualora ci volessero mesi.

La sferzata del Gobbani aveva incoraggiato piú l'Anzibene del genero, che aveva trascorso il tempo della visita cercando sul viso e nei tratti della moglie i segni di quella malattia conclamata annunciata dal direttore del sanatorio. Poi, considerato che la giornata era limpida benché fredda, moglie e marito si erano concessi una passeggiata nell'ampio giardino antistante l'edificio. Il suocero si era astenuto, che i due sposi godessero un po' di intimità; era rimasto a girellare per conto proprio, considerando tra sé la difficoltà di lavorare la terra o allevare bestiame in luoghi cosí impervi. Di tanto in tanto guardava l'Oreste e la figlia che camminavano lenti, senza neppure tenersi sottobraccio. Era stato in uno di quei momenti che li aveva visti fermarsi e porsi uno di fronte all'altra. Aveva temuto che si volessero baciare e in quel caso, pur credendo che fosse cosa da evitare con cura, avrebbe rivolto gli occhi altrove fingendo di non aver visto niente. Ma di fatto i due erano rimasti cosí per qualche minuto, lui con le mani incrociate dietro la schiena, nella posizione di chi ascolta; sua figlia invece, almeno cosí gli era sembrato, animata da qualcosa di importante che doveva comunicare. Cosa stesse dicendo per animarsi cosí, lo aveva domandato piú tardi al genero. Che però, alla domanda, aveva risposto: «Niente». Oreste aveva usato un tono sbrigativo, quasi freddo, in sintonia con la luce di quella metà pomeriggio. Poi, pentendosi di aver licenziato in fretta la curiosità del suocero, aveva detto: – Sono convinto che Lidovina sia sulla buona strada per guarire.

– Davvero? – aveva chiesto l'Anzibene.

– Oggi ho avuto l'impressione di avere accanto la donna dei primi tempi.

Gliene aveva data una dimostrazione inoppugnabile durante la passeggiata, quando lui se n'era uscito con una proposta che gli era parsa lodevole, alla quale la moglie s'era opposta con energia.

«Venire su, qui, tu, a passare il Natale?» s'era stupita, fermandosi, obbligandolo a fare lo stesso e guardandolo dritto negli occhi.

«Perché no?» aveva chiesto lui.

Era cosí difficile capirlo?

Perché, aveva allora chiarito lei, sarebbe stata una sciocchezza che avrebbe rovinato il Natale a tutti: in particolar modo al Felicino, costretto a festeggiarlo senza nemmeno la presenza del padre. E anche a lei.

«Intendi dire che la mia vicinanza ti rovinerebbe il Natale?» aveva reagito lui.

«Esattamente», era stata la risposta.

Per le feste, lí in sanatorio, era già tutto organizzato. I ricoverati, quelli che potevano e che volevano, si erano messi d'accordo per addobbare un salone dove avrebbero consumato il pranzo. Lei stessa si era resa disponibile per cucinare insieme ad altre donne, compresa la sua compagna di stanza, la bresciana, con la quale s'era assunta il compito di preparare le lasagne. Pure quella di Foggia s'era aggregata promettendo che avrebbe preparato le scarole, il dolce tipico che facevano dalle sue parti per Natale.

«Figurati che un paio si sono fatti portare gli strumenti da casa, una fisarmonica e un clarino, cosí avremo anche l'accompagnamento musicale».

Il direttore Gobbani l'aveva detto a chiare lettere: pur trovandosi in sanatorio non dovevano dimenticare che il mondo intero festeggiava il Natale, e loro non potevano essere da meno. Ne conseguiva che la presenza di un estraneo sarebbe sembrata a tutti gli effetti una stonatura e l'avrebbe messa in difficoltà agli occhi degli altri ricoverati, i cui parenti se ne sarebbero stati a casa loro. E ancora piú da scartare, sempre ammesso che avesse voluto intendere una cosa del genere, era l'idea di chiedere il permesso di portarla fuori per qualche ora, il che sarebbe stato ancora peggio. Non voleva alcun trattamento privilegiato.

«La mia casa fino a che non sarò guarita è qui, – aveva affermato Lidovina. – E ti garantisco che sono determinata a farlo».

Il Piedivico aveva chinato il capo davanti alle parole della moglie, avvertendo che in lei era rinata una consapevolezza, una forza d'animo che nei lunghi mesi trascorsi a Manerbio era svanita.

L'Anzibene era rimasto in silenzio fino a quel momento. Finita la confessione, ormai allo sbocco della valle, s'era dato una pacca sulla coscia e aveva sorriso.

– Bene, – aveva esclamato.

Bene, non poteva essere altrimenti, perché aveva riconosciuto certi aspetti del carattere della figlia che la malattia pareva aver cancellato. E poi aveva a sua volta fatto una proposta al genero.

– Perché non venite, tu e il Felicino, da me per Natale?

– In cascina? – aveva osservato Oreste.

– Certo.

Sarebbe stato un modo per distrarsi dal pensiero di un'assenza che, specie in certe occasioni, rischiava di diventare pesante. Bisognava pensare al bambino, era lui a patire quella mancanza, senza probabilmente comprenderla fino in fondo. Ma né l'uno né l'altro immaginavano che il Felicino, quando pensava a sua madre, faticava a comporne un'immagine netta. I contorni della donna che chiamava mamma, è vero, ma che tante, troppe volte era stato avvisato di non disturbare – riposava, dormiva, bisognava lasciarla in pace –, ecco, quei contorni sfumavano nella sua mente ogni volta che la cercava. E le abitudini che aveva maturato nel corso degli anni l'avevano portato spesso a destinare quell'appellativo alla Versalia, sebbene pronunciandolo se lo fosse sentito morire sulle labbra. Quando il padre gli aveva comunicato che avrebbero trascorso il Natale nella cascina del nonno, il Felicino aveva chiesto se anche la ragazza sarebbe stata con loro. Forse lí il Piedivico era stato sfiorato dal sospetto che il figlio confondesse le due donne e il ruolo che dovevano avere nella sua vita. In ogni caso aveva risposto che almeno a Natale era giusto che Versalia passasse un paio di giorni dalla sorella per festeggiare con i suoi, e l'aveva chiusa lí senza che il figlio obiettasse altro.

Tra i regali che il giovanotto aveva trovato per sé c'era stato quello lungimirante del nonno, una cartella di cuoio dentro la quale vi era un astuccio con un'ordinata fila di matite: doveva attendere ancora un anno per cominciare la scuola ma dava a vedere di non aspettare altro. Il Felicino aveva impiegato il tempo scarabocchiando i fogli, passeggiando tra i locali della cascina con la cartella a tracolla, tenendosela accanto perfino nel letto in cui dormiva, quello che era stato di Lidovina. Dopo i giorni di festa padre e figlio avevano fatto ritorno a Manerbio e il Felicino rivedendo la Versalia non era riuscito a contenere l'emozione: le era quasi volato addosso, stringendola come se – era stato il pensiero di Oreste – avesse visto la sua vera madre.

Lidovina nel frattempo si stava addentrando nella conoscenza del dialetto foggiano e dopo uno pneumotorace terapeutico aveva cominciato a mostrare segni tangibili di guarigione. L'aveva comunicato lo stesso Gobbani al Piedivico, lasciando trapelare una legittima soddisfazione, in occasione della prima visita nell'anno appena avviato. Si era anche arrischiato a fornire una previsione di massima.

– Se le cose procedono cosí, ritengo che entro la fine dell'estate si possa prendere in considerazione un rientro a casa di vostra moglie. Ve lo dico in quanto vi considero una specie di collega, ma...

Aveva incrociato le dita, assumendo un'espressione infantile, quasi ridicola.

Oreste aveva fatto un cenno col capo, non aveva commentato, ma nella mente gli era balenata la fantasia della moglie mano nella mano col figlio sulla soglia dell'edificio scolastico. Nemmeno a casa, nemmeno al suocero aveva riferito ciò che il direttore del sanatorio aveva detto. Non voleva creare false speranze. Forse un po' scaramantico al pari del Gobbani, aveva giudicato che se fosse riuscito a tenere il segreto la previsione del direttore si sarebbe realizzata. Le lettere che Lidovina scriveva con puntuale regolarità, lette davanti al Felicino e alla Versalia, erano sufficienti a renderli edotti su come procedessero le cose lassú. Erano le stesse lettere che Oreste, dopo averle lette in casa, portava in cascina al suocero, sorridendo nei passaggi in cui Lidovina raccontava che ogni tanto faceva «lezioni di lingua italiana» alla sua compagna di stanza quando questa attaccava discorso nel suo criptico dialetto.

Quella mattina di maggio, uscendo per tempo a cavallo della sua motocicletta con l'intenzione di passare dalla cascina dell'Anzibene per portargli una di quelle lettere, Oreste Piedivico era andato a schiantarsi contro un pioppo. Era morto sul colpo, restando poi riverso a terra per qualche ora mentre certo Orimani, un allevatore che l'aspettava per controllare un vitello affetto da gastroenterite da Clostridium, si chiedeva come mai il dottore, sempre cosí puntuale, non fosse ancora comparso.

9.

Si poteva tenere all'oscuro Lidovina Piedivico della disgrazia? Forse sarebbe stato opportuno, ma un'idea del genere non era nemmeno da prendere in considerazione. Toccò al Vialba parlare col professor Gobbani, avvisarlo e chiedere consiglio. E fu quest'ultimo a comunicare la notizia, con la certezza che ciò avrebbe determinato un peggioramento nella situazione della donna, cosa che puntualmente avvenne, con ricadute non solo sulla malattia ma anche, soprattutto, sul tono del suo umore. I tratti depressivi che la gravidanza aveva slatentizzato si ripresentarono in maniera acuta, precipitandola in uno stato che lo psichiatra chiamato a consulto definí di «profondo distacco dalla realtà». Lidovina venne spostata di stanza e messa sotto osservazione in una camera singola. Che partecipasse al funerale non era una possibilità. Il Gobbani se l'era presa a cuore, a maggior ragione perché era convinto che se non fosse accaduta quella disgrazia il ritorno a casa sarebbe stato ormai prossimo. Passava quotidianamente a visitarla, cercava di stimolarla facendole domande cui Lidovina però rispondeva solo con il silenzio. Lo sguardo era ciò che piú di ogni altra cosa inquietava il professore.

– Pare che non veda niente, – commentò un giorno.

Come se avesse un velo davanti, una cortina di nebbia, oppure fosse immersa in una notte perenne. Era un continuo creare nuove perifrasi da parte del Gobbani per definire la situazione della sua paziente e pure lo psichiatra concordava con quell'immagine di una vita sprofondata in un mondo senza luce. La stessa luce che, chissà come mai, né lei né suo padre avevano voluto accendere quella lontana sera, lasciando che un buio senza tempo li avvolgesse. E permettendo a voci che parlavano una lingua silenziosa di affacciarsi per farsi sentire, per spiegare cose che solo lí, in quel momento, avrebbero potuto dire, dopodiché sarebbero tornate nel luogo sconosciuto da cui venivano. Avevano tentato di farsi ascoltare, ma le parole dei vivi, quelle di suo padre e le poche che lei aveva pronunciato, le avevano sovrastate. Era quello il buio in cui Lidovina Piedivico viveva un giorno dopo l'altro, dentro il quale aveva scelto l'unica strada possibile, quella che l'aveva portata a vivere in una camera, da sola.

Passati un paio di mesi dal funerale, mesi lunghi come anni, pesanti come una fatica fisica, Erio Anzibene prese l'iniziativa. Era invaso da una sensazione di inutilità che annullava tutto ciò che era stato, tutto ciò che aveva fatto fino ad allora.

«Chi muore giace, chi vive si dà pace», recitava un proverbio.

Se l'era sentito dire piú di una volta a titolo di consolazione e s'era trattenuto dal rispondere malamente.

Belle balle! Parole! I proverbi poi...

Avrebbe preferito esserci lui sotto terra, anziché dover fare i conti ogni giorno con il dolore per la scomparsa del genero, cui si sommava la preoccupazione per la figlia. Adesso Lidovina aveva ripreso a scrivere, sí, ma mandava giusto qualche cartolina con i saluti e una domanda, sempre la stessa: «Voi come state?» Sembrava quasi che ne avesse preparata una serie, con l'immagine identica della

Presolana innevata fino a metà. Nemmeno la data metteva e se non fosse stato per il timbro sul francobollo sarebbe stato impossibile capire quando l'avesse spedita, quanto avesse impiegato ad arrivare da lassú. Lui si ingegnava a rispondere, compilando con un certo sforzo brevi testi con i quali assicurava che loro stavano bene (poteva dire altro?), senza fare cenno a ciò che occupava i suoi pensieri: il Felicino, il suo avvenire. All'Anzibene sarebbe piaciuto padroneggiare ben altro vocabolario rispetto a quello, in verità scarsino, di cui disponeva. Avrebbe voluto trovare le parole per raccontare come il ragazzino gli dava da pensare per quanto era silenzioso, riservato. A tutta prima pareva che non fosse stato scalfito da quanto era successo, ma non era possibile. Inoltre il tempo volava, l'estate nel corso della quale secondo il Gobbani Lidovina avrebbe potuto fare ritorno a casa era già cominciata. L'Anzibene comprese allora che non era il caso di attendere oltre e che aveva bisogno di consigli per affrontare l'immediato futuro. E per quelli, a suo giudizio, non c'era persona migliore del prevosto di Manerbio, don Fulvio Assanti.

Nonostante i tempi che correvano, non era un sacerdote accomodante, incline ai compromessi o prono di fronte al potere. Il locale segretario del partito poteva ben testimoniarlo: piú volte, nei giorni in cui il regime celebrava qualcuna delle sue ricorrenze, aveva tentato di far entrare in chiesa un manipolo di avanguardisti durante la messa. A quel genere di richieste don Fulvio aveva sempre risposto ponendosi sulla soglia e invitando il segretario ad abbatterlo, perché solo cosí avrebbe potuto far entrare i suoi scagnozzi. E quello, considerando la sfida e la gravità delle conseguenze se avesse accettato, s'era sempre ritirato minacciando vendetta, senza mai andare oltre le parole. Era una fama, quella del sacerdote, che aveva fatto presto a passare di bocca in bocca, arricchita anche dalla sua abilità come cacciatore, di beccaccini sopra ogni altro volatile, e da un'ulteriore virtú: era in grado di fare mille mestieri, tanto che se in chiesa c'era necessità di riparare qualcosa raramente ricorreva a un aiuto. Erano tutti aspetti che portavano taluni a ipotizzare che fosse diventato sacerdote per sbaglio, forse per obbligo. I piú arditi, e colti, sussurravano che il suo fosse un passato alla fra Cristoforo. Ma chi aveva avuto modo di conoscerlo meglio sapeva invece che sotto la superficie si nascondeva, palesandosi al bisogno, un uomo di profonda intelligenza e comprensione. Tant'è che l'apparire dell'Anzibene sulla porta della canonica non lo colse di sorpresa, nei suoi pensieri infatti la situazione in cui era precipitata quella famiglia era ritornata spesso. La giornata era di piena estate, la luce eccessiva, il calore accentuava l'odore di terra assetata. L'allevatore si presentò con una postura da penitente, gli occhi e le rughe del viso denunciavano l'età e i dolori che ne avevano accelerato l'avanzare. L'imbarazzo era evidente e don Fulvio, cogliendolo, si preoccupò dapprima di metterlo a proprio agio.

– Qualcuno con cui scambiare quattro chiacchiere è un vero dono del cielo a quest'ora, quando sembra che tutti siano scappati chissà dove, – disse.

Quattro chiacchiere erano quelle che ci volevano: ma da scambiare non lí, all'ingresso, bensí in un posticino fresco come il suo studio e magari bevendo una limonata.

– Casereccia, s'intende, – aggiunse, – ma pur sempre meglio della solita acqua.

L'Anzibene sorrise, protestando che non voleva disturbare, poteva spiegare il motivo della visita anche stando lí, sulla porta…

Il sacerdote non volle sentire ragioni.

– Se non mi avete compreso ve lo ripeto, siete un dono del cielo. Mi volete forse privare di un regalo che viene direttamente da lassú?

L'Anzibene non ebbe modo di ribattere. Il sacerdote si era già voltato e aveva preso la via del suo studio, dentro il quale regnava davvero un'aria piú fresca e sulla cui scrivania era poggiata una brocca di vetro in cui galleggiavano due mezzi limoni. Un po' per il caldo, un po' per l'imbarazzo, all'Anzibene pareva di avere la lingua di cartone.

– Fatevi un bel sorso, – propose il sacerdote versando per entrambi un bicchiere di limonata. – E poi cominciate col dirmi di vostra figlia.

– Mia figlia... – mormorò l'Anzibene.

Come raccontare ciò che il professor Gobbani con una lettera aveva cercato di spiegare a lui per aggiornarlo sulla sua condizione fisica e soprattutto dell'altra, di quel buio che l'aveva avvolta. Un buio dentro il quale non vedeva niente e nessuno. Nessuno, appunto, nemmeno il figlio.

– Sta cosí, – riuscí a dire l'allevatore, estraendo dalla tasca della giacca una delle cartoline che riceveva da Groppino, la solita veduta della Presolana, tacendo ciò che sospettava, cioè che forse neppure quelle poche parole fossero di sua mano. Don Fulvio prese la cartolina, le diede un'occhiata veloce e la depose accanto alla brocca della limonata.

– Non sto a raccomandarvi di pregare per la sua salute, ritengo che non ce ne sia bisogno, lo sapete meglio di me, – fece poi. – Insomma, non siete venuto qui per sentirvi dire queste cose, suppongo.

– No, certo, – confermò l'Anzibene.

– E allora fuori il rospo!

Se era vero che gli uomini erano nelle mani di Dio, era altrettanto vero che il Signore li aveva anche plasmati affinché si aiutassero gli uni con gli altri.

– E non per menare sberle come taluni usano fare di questi tempi, – osservò ancora il sacerdote.

– Si tratta di mio nipote, – disse l'Anzibene.

– Il Felicino, – puntualizzò il sacerdote, e se lo vide davanti serio, composto, alla messa della domenica accanto alla Versalia, che sembrava perennemente a disagio per il fatto di trovarsi al posto in cui avrebbero dovuto esserci la madre o il padre del bambino.

– Già, – confermò Erio.

– Prego, – lo invitò don Fulvio.

– Io sono vecchio, – affermò l'allevatore.

Vecchio e mai come nelle settimane successive alla disgrazia del genero aveva cominciato a sentirsi fragile, appeso per un filo a una vita che prima invece…

– E scusate se sto per dire una bestialità, – precisò l'Anzibene.

… che prima gli era sembrato dovesse durare all'infinito.

– Be', – osservò il sacerdote, – è un errore comune pensare che si debba campare per l'eternità. E in effetti un fondo di verità c'è. Per chi crede, naturalmente, e sa che dopo questa parentesi terrena si apre un'altra vita, quella sí davvero eterna.

– Certo, – ammise l'Anzibene. Tuttavia quell'altra vita si sarebbe svolta altrove. – Lontano da qui, – aggiunse.

– Capisco, – fece il sacerdote.

L'Anzibene lo guardò, aveva ancora il bicchiere di limonata stretto in mano. Ne bevve un sorso.

– Vorrei andarmene sapendo che mio nipote… insomma, senza il padre, con una madre sul cui futuro non si possono fare che ipotesi….

Per il momento di lui si occupava la Versalia, una soluzione provvisoria, favorita dal fatto che era estate e tra i due c'era una complicità innata.

– Ma di qui a qualche settimana le cose cambieranno, – osservò l'Anzibene.

Il bambino avrebbe cominciato la scuola e né lui né la Versalia, pur con tutta la buona volontà, erano in grado di assicurare al Felicino la guida di cui avrebbe avuto bisogno.

– Non ci dormo la notte, – confessò l'Anzibene.

– E volete che non dorma neanch'io? – sbottò il sacerdote.

L'allevatore si irrigidí sulla sedia, l'aspro del limone sembrò ritornargli sulla lingua intorpidendola.

Cos'era quell'uscita, quel tono? Aveva forse sbagliato a rivolgersi al prevosto?

– Io... – cominciò.

Ma don Fulvio sorrise.

– Non lo farò, – disse.

Non avrebbe perso il sonno rimuginando sul problema, ben altre erano le cose che lo tenevano sveglio di notte.

– Non crediate che non ci abbia riflettuto piú volte. E se nessuno della famiglia si fosse fatto vivo avrei preso io l'iniziativa, anche a costo di sentirmi dire che non sono affari miei, – proseguí. E aggiunse: – Una soluzione ci sarebbe.

Anzi, a suo modo di vedere, era l'unica possibile fino a quando le cose non fossero cambiate.

– Il che significa che potrebbero non cambiare, – commentò l'Anzibene.

– Come vi ho già detto siamo nelle mani di Dio e in quelle, che mi auguro altrettanto sapienti, dei medici che hanno in cura vostra figlia, – rispose il sacerdote.

Unicuique suum, a ciascuno la sua parte. E loro due, seguendo quella massima, dovevano assumersi la loro parte di responsabilità riguardo alla situazione di Felicino Piedivico.

– Quindi l'unica strada che vedo praticabile in questo frangente si chiama collegio, – comunicò don Fulvio.

– Collegio? – ripeté l'Anzibene.

– Proprio, – confermò il sacerdote.

L'istituto Zaccaria di Cremona, retto dai padri barnabiti, poteva fare al caso loro. Lí insegnava un cugino del sacerdote, don Guido Bonori, cultore di cose classiche ma anche appassionato di calcio e di ciclismo, grazie ai quali si era conquistato un'ottima fama presso i giovani che frequentavano l'istituto.

Don Fulvio sorrise di fronte alla perplessità dell'Anzibene.

– Non turbatevi, collegio non è sinonimo di galera e nelle chiacchiere che girano sui padri barnabiti non c'è una virgola di vero. Consideratela una sistemazione provvisoria, giusto per superare un periodo difficile. Infine non dimenticate, siamo nelle mani di nostro Signore, oltre che in quelle degli uomini.

E senza dire altro agitò per aria le proprie, dopodiché prese il bicchiere di limonata che fino ad allora non aveva toccato e lo vuotò con un'unica sorsata.

10.

Terminato il colloquio con il parroco, l'Anzibene filò dritto a casa Piedivico per comunicare la decisione, cercando di appropriarsene un po' di piú e di convincersi che non c'era alternativa. Avvertí anche una sensazione prossima al disagio pensando all'ambasciata che stava per portare, e non a sua figlia, bensí alla Versalia, l'unica che oltre a lui potesse definirsi di famiglia per il ruolo che aveva assunto nel corso di quei pochi anni. La trovò in cucina, accaldata, il viso lucido di sudore; aveva appena terminato di strizzare alcuni panni. Certo lei non si aspettava di vedere l'allevatore cosí presto e lo sguardo che gli rivolse prima ancora di salutare lo spinse a rassicurarla.

– Non è successo niente.

Era passato solo per metterla al corrente di una cosa.

La Versalia non si sentí affatto tranquillizzata. Conosceva bene quel modo di preparare le persone all'annuncio di una disgrazia, l'aveva sperimentato quand'era giovane, in casa sua, e anche recentemente in occasione della morte del Piedivico. Si sedette, pronta a ricevere il colpo, convinta che l'allevatore avesse brutte notizie arrivate dal sanatorio.

– Il Felicino dov'è? – chiese l'Anzibene.

– In camera sua, – rispose deglutendo la ragazza.

Ci passava ormai interi pomeriggi, a volte disegnando, a volte guardando nel vuoto come se fosse preso da chissà quali pensieri. Lo sapeva bene, lei, poiché di tanto in tanto andava a dare un'occhiata, rimanendo stupita, in verità anche un poco turbata, nel constatare la serietà che emanava da quell'esserino.

– Non è piú un esserino, – corresse l'Anzibene.

Non si poteva piú considerarlo tale e per quel motivo era lí.

– Anzi, prima di venire qui sono passato da don Assanti, – precisò.

Perché era giunto il momento di pensare al futuro del ragazzo, e sottolineò quella parola. Dopo essersi consultato con il sacerdote aveva stabilito che la cosa migliore da fare fosse metterlo in collegio.

Il colpo centrò in pieno il bersaglio, le mani della Versalia salirono al viso lasciando liberi gli occhi, il respiro si interruppe per qualche secondo, poi tornò.

– Collegio?

La parola le scappò tra le dita come se quelle volessero trattenerla, manco fosse una parolaccia o peggio ancora una bestemmia.

– Sí, collegio, – confermò l'Anzibene.

Cosa c'era di strano? Non era mica la galera!

– Perché? – ribatté la Versalia, nella cui memoria resistevano storie cupe di bambine o bambini abbandonati, finiti in un orfanotrofio come fossero stati inghiottiti dentro un corpo mostruoso che non li aveva piú restituiti al mondo. Resoconti con i quali l'avevano educata a ubbidire, a volere bene alla mamma e al papà perché senza di loro avrebbe fatto quella fine, e che erano riusciti a instillarle un terrore dell'abbandono pronto a riversarsi sul Felicino. Anche la luce del tardo pomeriggio contribuiva a rinverdire il ricordo di quei racconti fatali che, allora come adesso, le lasciavano in bocca il sapore di certe minestre indigeste, quali quelle che si era sorbita per punizione, proprio come immaginava accadesse ai poveri, sconosciuti bambini che finivano in orfanotrofio. Pochi secondi erano bastati alla ragazza per ripiombare in simili suggestioni. Tolte le mani dal viso fu sul punto di dire qualcosa, ma l'Anzibene glielo impedí.

– So quanto sei affezionata al Felicino.

Ma proprio in virtú del bene che gli voleva doveva ammettere che serviva qualcuno che fosse in grado di seguirlo nel percorso verso il quale si avviava.

– Né io né tu ne saremmo capaci.

Lui con in tasca giusto una terza elementare che gli consentiva appena di fare qualche conto e scribacchiare poche righe alla figlia.

E lei?

La Versalia stava per replicare che...

– Lo so, – la interruppe lui.

Sapeva che studiare in una famiglia come quella dove era cresciuta lei era considerato un lusso che ci si poteva permettere fino a un certo limite, limite che giungeva molto presto.

– Scommetto che già adesso il Felicino ci darebbe dei punti, anche se mettessimo assieme le nostre forze, – cercò di scherzare l'Anzibene.

E poi, ribadí, il collegio non era una galera, il ragazzo sarebbe tornato a casa ogni tanto, lo si poteva andare a trovare, in fin dei conti Cremona non era all'altro capo del mondo!

– E io? – chiese la ragazza.

L'Anzibene aveva previsto quella domanda? La risposta comunque gli uscí senza che dovesse rifletterci.

– Bisogna che qualcuno badi a questa casa, – disse. – Almeno finché mia figlia non ci sarà.

Fino al termine dell'estate non sarebbe cambiato niente. Al ragazzo, precisò l'Anzibene, avrebbe parlato lui e non appena il collegio avesse riaperto i battenti l'avrebbe portato a visitarlo in compagnia del prevosto, che gli avrebbe fatto conoscere il cugino cultore di cose classiche, ma anche di calcio e ciclismo, cui l'avrebbe affidato.

Dovette passare un altro Natale e un'altra Pasqua prima che le cose cambiassero davvero. Lidovina – «la vedova», come ormai tutti la chiamavano, manco fosse l'unica a trovarsi in quello stato – fece ritorno a casa ufficialmente guarita nel fisico nel maggio dell'anno successivo. Circa le condizioni del morale il Gobbani, di concerto con lo psichiatra che l'aveva seguita, aveva deciso che reinserirla nell'ambiente domestico fosse l'unico modo per rimetterla in sesto. Era stata informata delle decisioni prese riguardo al figlio, il quale s'era adattato con rapidità alla vita in collegio. Il giorno del suo definitivo ingresso, accompagnato dalla Versalia in lacrime e dal nonno Anzibene che aveva contenuto a stento la commozionc, il Felicino aveva dimostrato di essere il piú consapevole della situazione e al momento dei saluti se n'era uscito con una raccomandazione: – Non preoccupatevi per me, – che li aveva lasciati stupiti. La ragazza aveva versato altre lacrime, l'Anzibene non aveva fatto commenti, limitandosi a riflettere che quello era il risultato di essere cresciuto con un padre goduto davvero poco e una madre che nella coscienza del bambino non poteva che essere una figura sfuggente.

Nei fine settimana in cui gli era permesso tornare a casa, il Felicino stava perlopiú nella cascina della Versalia, la quale non perdeva occasione per tastargli i muscoli onde verificare se mangiasse a sufficienza e sottoporlo a veri interrogatori per capire se in collegio si trovasse bene come sembrava. La ragazza non aveva mai voluto unirsi all'allevatore nelle sue visite al nipote, perciò non aveva la minima idea di come fosse fatto quel luogo e nella sua fantasia persisteva l'equazione collegio-galera. Toccava all'Anzibene riferirle quanto di buono gli insegnanti dicevano del ragazzino, era la sua voce a raccontarle quanto fosse serio, educato, studioso. La stessa voce che riportava le notizie provenienti dal sanatorio e che al principio della nuova estate, quando il Felicino aveva da poco terminato il suo primo anno di scuola, le comunicò che Lidovina finalmente sarebbe stata dimessa.

Per il ritorno a casa della signora, Versalia aveva avviato le grandi pulizie nella casa di Manerbio installandovisi una settimana prima, lavorando come una dannata dalla mattina alla sera e alla fine perdendo, secondo un calcolo empirico, almeno un paio di chili. Voleva che tutto rilucesse, anche quello che non poteva. Olio di gomito e nessuno intorno a romperle l'anima, nemmeno il Felicino che si era piazzato nella cascina del nonno.

Quando Lidovina giunse a Manerbio, stante il lungo viaggio che aveva fatto in corriera, disse di essere stanca, di avere bisogno di un po' di riposo. In casa c'era la sola Versalia, nonno e nipote avrebbero dovuto essere lí ma di fatto ancora non s'erano visti.

– E tu, come stai? – chiese Lidovina.

Cosa poteva rispondere la Versalia?

Stava bene, era lei invece, la padrona... Insomma, la ragazza s'era sentita strappare qualcosa nello stomaco come quando l'acqua troppo fredda glielo faceva dolere. Era lei, Lidovina, che... come dire?... ecco, tornava a casa dopo mesi e mesi di assenza e riprendeva forse da dove aveva lasciato. Il letto, la poltrona, la stanchezza...

E il Felicino, e suo padre? E il cimitero, la tomba dove giaceva suo marito?

Lidovina aveva pensato a lungo a quando sarebbe arrivato quel momento, il Gobbani glielo aveva ripetuto ogni volta che passava dalla sua camera.

«Manca poco, ormai ci siamo».

Lei si chiedeva: E poi?

Ciò che non le dava requie assumeva una forma precisa, tangibile, come per esempio quella della casa di Manerbio, dentro le cui mura persistevano i pessimi ricordi di quanto era accaduto dopo la nascita del Felicino: il resto, la felicità dei primi tempi, era annullato, schiacciato dal peso di quei ricordi.

Quando il professor Gobbani le aveva comunicato che di lí a pochi giorni avrebbe compilato e firmato la relazione che la riguardava, certificando la sua guarigione e di conseguenza la possibilità di tornare a casa, Lidovina aveva risposto piangendo. Il direttore non s'era per nulla stupito, sapeva infatti che non erano lacrime di felicità. Di paura, piuttosto. La paura, dopo un anno e mezzo di vita protetta, controllata, libera da ogni responsabilità, di dover fare di nuovo i conti con la quotidianità e i suoi problemi.

«Non è la prima a reagire cosí, ma vedrà, le basterà poco per dimenticarsi di questo luogo. E anche di me purtroppo», aveva concluso con una risata.

Appena entrata in casa, con sotto gli occhi la perfezione del lavoro fatto dalla Versalia, il profumo della cera nell'aria, la luce dalle finestre spalancate, Lidovina comprese che il Gobbani aveva sbagliato previsione.

La stanchezza che comunicò alla Versalia non era solo legata al viaggio. Era piuttosto la fatica, improba ma inevitabile, di dover ammettere infine ciò che per anni aveva ignorato, che aveva scansato come fosse una buca sul suo cammino. Quella casa, quella pulizia, quell'ordine, quel profumo di cera ma soprattutto quella luce la riportarono per contrasto al buio di una sera lontana e alle parole che si era rifiutata di ascoltare. Ecco perché né lei né suo padre avevano acceso la luce mentre stavano parlando. Tra le parole troppo umane del genitore avevano tentato di inserirsene altre. Ma non, come lei aveva sempre immaginato, sospese nell'aria, uscite da bocche invisibili, da esseri del passato tornati da chissà quale luogo remoto. Erano piuttosto parole nate dentro di lei, da una coscienza che la stava giudicando e che voleva metterla in guardia, cercando di indicarle cosa fosse meglio per il suo futuro: l'avviso di non agire in fretta, di non lasciarsi trascinare dall'opportunismo, per quanto innocente e quasi inconsapevole.

Non poteva piú fingere adesso, ingannarsi da sola come aveva fatto allora.

Alla Versalia chiese di avvisarla immediatamente non appena il figlio e il padre fossero arrivati. Tra le pieghe della stanchezza che aveva dichiarato si stava facendo largo un pensiero nuovo.

Dovette passare un anno. Un anno durante il quale Lidovina, giorno dopo giorno, riuscí a guardare alla vita con crescente serenità. Ma dalle finestre della cascina di suo padre, cosí come aveva stabilito di fare dopo averlo rivisto in compagnia del figlio il giorno in cui era tornata dal sanatorio. Aveva subito comunicato a entrambi la propria decisione: trasferirsi lí, abbandonare Manerbio, alienare tutti i beni di cui era erede e sperare che cosí facendo potesse avviarsi una nuova fase della sua vita. I due avevano reagito come se si aspettassero quelle parole. Il padre aveva risposto che se era per il suo bene poteva trasferirsi da lui quel giorno stesso, aveva aggiunto che sarebbe stato il primo a beneficiarne: insomma, gli anni cominciavano a pesare, in casa un po' di aiuto, un po' di compagnia gli avrebbero fatto comodo. Ma c'era stato anche altro a spingere l'Anzibene a un mezzo sorriso, subito frenato, qualcosa che aveva preferito tenere per sé. Il Felicino aveva salutato sua madre con la compostezza che gli era stata insegnata in collegio quando si trovava al cospetto di insegnanti e prefetti. Lidovina c'era quasi rimasta male, ma aveva compreso che per recuperare un normale rapporto col figlio sarebbe servito del tempo. Ciò che piú l'aveva sorpresa era stata la domanda che gli era uscita dalle labbra.

– Posso andare ancora in collegio?

Alla donna era sembrato che volesse assicurarsi di stare il piú possibile alla larga da lei. L'Anzibene aveva intuito il pensiero ed era subito intervenuto a giustificare l'uscita del ragazzo.

– A quanto mi dicono è un genietto.

Il parroco soprattutto, che si teneva costantemente in contatto con il cugino, non mancava di riferirgli meraviglie sull'intelligenza pronta del Felicino: sarebbe stato un vero peccato privarlo degli stimoli e delle cure che riceveva in collegio, mortificandone le potenzialità.

Un'ombra sola era calata sulla decisione presa nell'arco di un pomeriggio ed era stata la reazione della Versalia che, informata, aveva reagito come se l'avessero accusata di chissà che e quindi non fosse piú degna di rimanere in quella casa. L'aveva anche chiesto, con un groppo in gola.

– Ho forse fatto qualcosa di male?

– Senza di te non so dove saremmo andati a finire, – s'era costretta a rispondere Lidovina, sapendo che quella, pur se scomoda, era la verità. – E resterai sempre una di famiglia.

Il che, aveva aggiunto, significava che le sarebbe stata destinata una parte di eredità, come se Oreste Piedivico avesse fatto testamento. Parole che la Versalia parve non aver udito. Tant'è che domandò: – Ma posso venire a trovarvi, vedere come va il mio...?

Aveva stretto la lingua tra i denti e s'era bloccata giusto in tempo, sebbene Lidovina avesse compreso ciò che stava per dire.

Il suo? Il suo cosa?

Versalia avrebbe avuto mille ragioni per chiudere la frase com'era sul punto di fare, mille ragioni valide fino a quel momento. Lidovina lo sapeva bene, ma di lí in avanti le cose dovevano cambiare: il Felicino era suo figlio e se lei aveva deciso un cambio radicale della sua vita era anche perché doveva riconquistarsi il ruolo di madre che per un lungo periodo il destino le aveva tolto.

– Certo, – aveva risposto, – le porte di casa nostra saranno sempre aperte per te.

La casa però non sarebbe piú stata quella, bisognava necessariamente chiuderla affinché vi restassero confinati dentro i pesanti ricordi di un passato ancora troppo recente.

Tutto era stato stabilito in poco piú di un'ora, un'ora sottratta all'avanzare del tempo. La sensazione generale era stata che solo dopo, una volta calato il silenzio a mo' di sigillo, i minuti avessero ripreso a correre. Il rumore della sedia sulla quale l'Anzibene era rimasto seduto ne era stato il segnale. Il vecchio si era alzato e non aveva potuto fare a meno di pensare al prevosto. A lui e a ciò che con ogni probabilità avrebbe detto per commentare l'esito di quel pomeriggio: sia fatta la tua volontà.

11.

«Come dissi a tuo padre».

Quante volte se l'era ripetuta quella frase Ottaviano Pendoli? Non lo sapeva nemmeno lui. A furia di dirsele sottovoce, nella testa oppure provando il tono quando era sicuro di essere solo, quelle parole parevano aver perso il loro significato. Doveva piantarla e prendere l'iniziativa. Facile dirlo, certamente meno facile metterlo in pratica.

«Come dissi a tuo padre».

E poi?

«Le resterò sempre fedele», aveva detto allora.

Era passato circa un anno da che Lidovina s'era trasferita presso l'Anzibene, e l'Ottaviano aveva continuato a rimanerle fedele. Lo sapeva lui, lo sapevano lo specchio davanti al quale si radeva, qualche vacca nella stalla, il cielo cui spesso si rivolgeva. Nessuno gli aveva mai fatto cenno di aver compreso, ognuno – specchio, vacca o cielo – si faceva gli affari propri e lo lasciava lí con i suoi dubbi su come agire e, soprattutto, sull'opportunità di farlo. Raggiunto dalla notizia che Lidovina era tornata nella casa paterna con tanto di figlio, che peraltro stava perlopiú in collegio, Ottaviano non aveva mancato di tenersi informato sulla sua salute, sulla nuova sistemazione, e le aveva chiesto spesso se avesse bisogno di qualcosa. Meditava per settimane prima di trovare il coraggio di partire in bicicletta alla volta della cascina dell'Anzibene e da quelle visite tornava con la precisa intenzione di non ripeterle mai piú. Non che la Lidovina dimostrasse di non gradirle. Anzi, era sempre lei ad accoglierlo, invitarlo in casa e offrirgli qualcosa da bere. Poi però, esaurito il catalogo della cortesia, andava a chiamare suo padre e li piantava lí entrambi a chiacchierare di coltivi e di animali, sparendo e ricomparendo quando era l'Anzibene a chiamare lei per salutare. Se c'era una cosa, una sola, che minava la decisione di Ottaviano Pendoli di non ripetere piú le sue visite era un certo atteggiamento dell'uomo, certe sue parole con le quali lo accompagnava mentre si avviava per ritornare alla sua cascina.

– Fatti vedere, – gli diceva, che non sparisse per settimane come era solito fare. Gli metteva anche una mano sulla spalla mentre scambiavano le ultime parole e quelle ultime parole esulavano dai consueti discorsi sul lavoro di entrambi.

– Sono vecchio ormai, – sospirava infatti l'Anzibene dopo aver lasciato correre lo sguardo intorno. – E dopo, chissà!

L'Ottaviano non aveva mai chiesto cosa intendesse con quel «dopo» tant'era chiaro. Bisognava essere davvero ciechi e sordi per non capire che l'allevatore non si riferiva solo al destino della sua proprietà ma anche, soprattutto, a coloro che la abitavano, cioè figlia e nipote, visto che lui, «dopo», non ci sarebbe piú stato. Da parte dell'Anzibene sembrava un invito implicito a osare di piú, visto che lui e non altri era stato il depositario della frase con cui s'erano congedati anni prima: dite a vostra figlia eccetera eccetera. C'erano momenti in cui l'Ottaviano avrebbe scommesso l'intera sua cascina sulla certezza di avere visto giusto nelle intenzioni dell'Anzibene: erano momenti in cui avrebbe voluto precipitarsi dalla Lidovina masticando un imprecisato discorso che partiva sempre con quella frase,

«Come dissi a tuo padre». Purtroppo però coincidevano puntualmente con qualche lavoro che non poteva rinviare, la mungitura oppure il trasporto del latte alla latteria sociale. E subito il suo entusiasmo si smontava poiché vedeva in quegli impedimenti dei segni che il destino gli inviava proprio per risparmiargli di fare un buco nell'acqua.

Non era vita, quella. Dopo svariati viaggi a vuoto, l'Ottaviano aveva assunto quel nuovo tormentone quotidiano. «Non è vita, questa» sostituí quasi del tutto l'altro, «come dissi a tuo padre». Per venirne fuori in qualche modo aveva dovuto rendersi conto che bisognava agire e ricevere una risposta, solo cosí avrebbe potuto mettersi il cuore in pace.

– O la va o la spacca, – si disse alzandosi il giorno stabilito. Era la seconda domenica di ottobre. Mentre si radeva e poi si vestiva, il completo nero della festa dentro il quale gli pareva di irrigidirsi e persino di non essere neanche piú capace di usare il dialetto, si distrasse a guardare un vasto prato di erba medica, immaginandosi lí a sfalciare mentre Lidovina lo guardava dalla stessa finestra dove si trovava lui adesso. Si riscosse dalla fantasia e finí di vestirsi: mancava la cravatta, nera anche quella, che ne completava l'aspetto un po' funebre. Ma d'altronde era domenica, o no?

La prima cosa che l'Anzibene gli disse ricevendolo fu che lei non c'era. L'Ottaviano rimase senza parole.

– È domenica, – ribadí appunto l'Anzibene. Sua figlia era andata a Cremona a trovare il Felicino in collegio. Due volte al mese erano permesse le visite dei genitori e Lidovina non voleva mancare per niente al mondo all'appuntamento. Aveva dunque preso accordi con un vecchio compagno di Oreste, un certo Enea, una testa balorda che sembrava però essersi rimessa in riga: dopo aver acquistato la macchina dell'amico scomparso infatti – la stava pagando a rate un mese dopo l'altro – aveva cominciato a usarla per il servizio pubblico.

– Non tornerà che verso sera.

L'Ottaviano teneva ancora la bicicletta per il manubrio, stava ripensando al campo di erba medica, lui falciava e non c'era piú nessuno a guardarlo dalla finestra, le persiane erano addirittura serrate.

– Be', allora... – gli uscí di bocca.

– Vieni dentro, va', – gli disse invece l'Anzibene.

Obbedendo all'invito e seguendolo, notò che l'allevatore trascinava un po' la gamba destra, cosa che prima di allora non aveva mai rilevato.

– Siediti, – gli disse ancora l'Anzibene quando furono entrati in cucina. Quel viaggio, proseguí, non era poi stato cosí inutile.

– Come? – aveva chiesto l'Ottaviano.

– Togliti pure la cravatta, – aveva suggerito l'Anzibene. – E ascoltami.

Lui aveva forse commesso l'errore di spingere sua figlia verso un matrimonio che pur sembrando il meglio che si potesse desiderare non aveva prodotto che danni, dolore, tristezza. Il risultato era lí da vedere, una vedova giovane, un figlio piccolo...

– Insomma, è inutile che ti spieghi come stanno le cose.

Quello che ci teneva a dire, approfittando del loro colloquio privato, faccia a faccia, era che non si sarebbe piú permesso di mettersi di mezzo.

– Io penso al dopo, a ciò che sarà, te l'ho già detto, – charí l'Anzibene.

Con Lidovina non aveva mai affrontato l'argomento, il tempo passato dal suo ritorno lí lo avevano vissuto come se fossero in attesa di qualcosa. E qualcosa doveva pur accadere, perché quella attuale era una situazione francamente provvisoria.

– Bisogna che ti fai avanti, – si risolse infine a dire l'Anzibene.

Farsi avanti, senza tentennare, e sempre che la frase che gli aveva detto anni prima, e da lui mai riferita alla figlia, avesse ancora valore.

– La ricordi? – domandò l'Anzibene.

L'Ottaviano arrossí come allora.

– Sí, – rispose.

– Bene. E se tutto andrà per il verso giusto potrò morire col cuore in pace, – concluse l'allevatore alzandosi a fatica dalla sedia.

L'Ottaviano ripartí lasciando la cravatta sul tavolo di cucina, né l'Anzibene si accorse della dimenticanza. La notò Lidovina al ritorno dal collegio.

– È stato qui qualcuno? – chiese.

Il padre la guardò.

– Sí, – si limitò a rispondere.

Lidovina non aveva voluto sapere a chi appartenesse, probabilmente lo immaginava, cosí come immaginava che avrebbe rivisto il legittimo proprietario a breve. Di certo non si aspettava che sarebbe accaduto tanto presto...

Non aveva dormito una cicca la notte appena passata, l'Ottaviano al primo muggito delle vacche era già in piedi, determinato a non lasciar cadere nel nulla le parole dell'Anzibene. E, anche, a non lasciarsi assediare di nuovo da dubbi e domande. Ne aveva avuti fin troppi, era ora di spazzarli via con la stessa decisione con cui stava pulendo la stalla. Era partito a metà mattina, con indosso i vestiti da lavoro, e si era messo a pedalare con tranquillità, riflettendo su ciò che avrebbe dovuto dire, spesso interrotto da colpi di fucile diretti ai primi beccaccini della stagione o forse a qualche quaglia in ritardo. Fu Lidovina ad aprire la porta di casa, gli disse subito che suo padre era nella stalla.

– Meglio cosí, – rispose l'Ottaviano.

Due parole che gli erano sfuggite, incontrollate. Si meravigliò di averle pronunciate e nel contempo si congratulò con sé stesso per averlo fatto.

L'Anzibene non c'era? Meglio cosí, perché non era di lui che aveva bisogno.

– Di me allora? – chiese Lidovina.

La solita tattica, fingere di non capire, mettere in difficoltà l'interlocutore, giocare con lui. Ma l'Ottaviano quella mattina era partito all'assalto, deciso a combattere fino alla fine la prima e ultima battaglia della sua personale guerra.

– Vuoi entrare? – chiese lei.

– No, – rispose lui.

Era necessario stringere i tempi, la fermezza che l'aveva spinto all'azione poteva dileguarsi in un attimo, come la vita di un beccaccino centrato da una fucilata. Lí, sulla soglia di casa, si sentiva ancora forte, doveva solo tenersi saldo per un po', guardare in viso la donna che aveva di fronte e parlare.

Come dissi a tuo padre.

Il volto di Lidovina rimase impassibile.

– Come dissi a tuo padre, come dico a te, adesso... io ti sono sempre rimasto fedele.

Mai un giorno era passato senza che pensasse a lei, non aveva provato alcuna gelosia o invidia, semmai il rimpianto di non aver potuto sostenere la concorrenza del Piedivico. Aveva patito come fossero suoi i dolori che lei aveva dovuto affrontare, la malattia, il lutto.

– Ogni cosa come fosse capitata a me, – affermò l'Ottaviano.

Il viso di Lidovina non poté contenere un certo stupore. Però, quel flusso di parole stava davvero uscendo dalla bocca dell'Ottaviano? Quando mai l'aveva sentito parlare cosí tanto? E mica era finita. Stava spiegando perché s'era presentato quella mattina senza troppe cerimonie.

– Senza nemmeno togliermi i vestiti da lavoro, – sottolineò l'uomo.

Perché quello era lui e lo sarebbe stato per sempre.

– Non è una novità, ma voglio che ciò che sto per dirti esca non solo dalla mia bocca ma anche dai vestiti che indosso. Lo trovi sciocco?

– Dimmi, – fu la risposta di Lidovina.

L'Ottaviano avvertí un pericolo nell'imperativo – voluto o involontario? – usato dalla donna. La catena delle parole si stava ingarbugliando, lui cominciò a sentirsi piú beccaccino che cacciatore. Era il momento di riprendersi il ruolo, sparare insomma. Fu Lidovina invece a farlo.

– Sei qui per chiedermi di sposarti?

L'Ottaviano mica se l'aspettava quel colpo secco.

– Sí, – non poté che rispondere.

– Bene, l'hai fatto, – commentò la donna.

E ora?

Doveva inforcare la bicicletta e tornarsene a casa a rifare i conti con dubbi e domande?

I due rimasero uno di fronte all'altra in un silenzio quasi irreale, nemmeno piú uno sparo in lontananza: che fossero morti tutti i beccaccini del mondo?

– Naturalmente prenditi il tempo che ti serve per decidere, – disse l'Ottaviano.

– Lo farò, non preoccuparti, – replicò Lidovina.

– Vado allora.

– A presto, – salutò lei.

Ma l'Ottaviano non era ancora montato in sella che la voce della donna lo raggiunse. Si girò a guardare. Lidovina era di nuovo sulla soglia di casa, sembrava sorridere, un braccio teso, qualcosa che le pendeva dalla mano.

La cravatta!

12.

L'Ottaviano si era tolto la cravatta subito dopo la cerimonia nuziale ed era stato talmente impegnato a disfare il nodo che non s'era accorto del breve cenno che il parroco aveva rivolto a Lidovina: le aveva schiacciato l'occhio, come per dire ben fatto, adesso guarda avanti. In un gesto il riassunto delle parole che le aveva detto dopo che Lidovina l'aveva consultato nel tentativo di chiarirsi le idee. Cosa fare, cosa rispondere all'Ottaviano?

Con i soliti modi spicci don Fulvio le aveva risposto: – E lo chiedi a me?

Non era a lui che il giovanotto aveva proposto di sposarlo, non sarebbe salito lui all'altare al braccio dell'Ottaviano!

Lidovina c'era rimasta un po' male, ma il parroco aveva subito rimediato.

– La convenienza non deve prevalere tra i motivi che decidono un matrimonio.

L'amore, l'affetto, il rispetto, la volontà di costruire o ricostruire una famiglia dentro la quale quei valori fossero nutriti e perpetuati, ecco le cose di cui tenere conto.

– Il resto, se mi consenti, – aveva aggiunto il sacerdote, – sono solo balle!

Balle proprio, aveva ripetuto, dando a vedere di gustare quella parola.

E tra le tante balle, le chiacchiere della gente, quelle che Lidovina aveva confessato di temere.

– La gente crede di parlare e invece sparla, – aveva commentato il parroco.

Quindi, in conclusione, le poteva dare un solo consiglio: guardare nel profondo di sé.

– Ascoltare, – aveva sottolineato.

Ascoltare una voce che era l'essenza ultima della coscienza, una voce che spesso i rumori del mondo coprivano ma che, altrettanto spesso, pur nel silenzio piú assoluto noi stessi fingevamo di non sentire. La memoria di Lidovina si era spinta di nuovo a quella sera di tanti anni prima. Per pochi istanti le era sembrato di non essere piú lí, nella sagrestia dove aveva incontrato don Fulvio, ma nel salottino della sua casa, avvinta da una diroccata nostalgia che aveva assunto la forma dei tetti di certe stalle, crollati sotto il peso della neve e abbandonati a sé stessi. Era stato il sacerdote a sottrarla alla fantasia.

– Parliamo invece del Felicino, – aveva detto.

Non si era mica dimenticato di essere lui in un certo senso il responsabile della scelta di mandarlo in collegio.

– Scelta della quale non mi sono mai pentito, anzi.

Era sempre in contatto con quel suo cugino, il cultore di cose classiche ma anche di calcio e ciclismo, il quale ne era diventato una sorta di tutore dedicato.

– Sul ragazzo non mi giungono che ottime notizie, – aveva precisato il sacerdote.

Soprattutto, aveva tenuto a dire, era di un'intelligenza che non avrebbe dovuto essere sprecata.

– Non ha certo l'animo dell'agricoltore o dell'allevatore, e nemmeno il fisico, gracile com'è. Ciò non toglie che ha una volontà, un'energia che lo porteranno lontano.

Dove, era ancora difficile dirlo, ma la cosa importante era appoggiarlo nelle scelte che avrebbe voluto fare perché in quanto a ciò si intuiva che avrebbe deciso da sé che strada prendere.

– Quindi, – aveva concluso, – che tu sposi l'Ottaviano o meno, mi raccomando di ricordare ciò che ti ho detto.

– Non mancherò, – aveva risposto Lidovina. Ma aveva un'ultima domanda prima di andarsene.

– Nel caso decidessi per il sí, di sposare l'Ottaviano, intendo, vorreste essere voi a celebrare le nozze?

Il sacerdote aveva sorriso.

– Conosci forse qualcuno meglio di me?

L'Anzibene aveva fatto da testimone a un rigidissimo Ottaviano, Lidovina l'aveva chiesto a Versalia e per quest'ultima s'era trattato di una specie di promozione sul campo. Lidovina infatti non l'aveva soltanto voluta al suo fianco il giorno delle nozze, ma le aveva confessato una cosa che pensava da tempo: era ora che cominciasse a considerarla un'amica, non piú la padrona di casa, la signora insomma, come fino ad allora l'aveva chiamata. Cosí Versalia, oltre a rivelarsi la migliore cronista del giorno del matrimonio, aveva conquistato e mantenuto il ruolo di confidente nei mesi che erano seguiti, mentre Lidovina era andata recuperando colore, energia, vivacità, elementi che l'avevano avvicinata sempre piú al Felicino. La scioltezza che Versalia aveva via via trovato nei rapporti con la sua vecchia padrona l'aveva portata a un certo punto a maturare un'idea. Sulle prime s'era detta che, pur nella confidenza, c'era un limite a tutto e per un bel po' di tempo aveva tenuto per sé quel pensiero. Semmai si azzardava a mormorarlo senza mai tradurlo in parole vere e proprie, parole che invece erano uscite dalla bocca di sua sorella, una sera.

– Cosa aspettano quei due a mettere al mondo un figlio? – aveva detto.

– A me lo chiedi? – aveva risposto lei come se fosse stata colta in fallo.

– Non sei tu l'amica di famiglia? – aveva ribattuto la sorella.

– Sí, ma certe cose....

– Certe cose, certe cose!

Tra donne, tra amiche, non esistevano segreti.

– Quando sarà, se sarà, – aveva risposto Versalia, – e se lo vorrà, mi darà lei la bella notizia.

Non fu Lidovina a dire a Versalia che aspettava un secondo figlio, l'Ottaviano piuttosto, con un tono esitante quasi non ci credesse ancora. Come tutte le domeniche Erio Anzibene era stato a pranzo dalla figlia e come tutte le domeniche Versalia aveva fatto visita alla sua amica. Di solito le due passeggiavano assieme se il tempo lo consentiva oppure se ne stavano in cucina a chiacchierare mentre l'Anzibene, cui l'età stava ormai presentando il conto, andava a riposare e l'Ottaviano salutava ridendo e commentando che la terra e la stalla non badavano al calendario. Quella domenica invece la Versalia si trovò di fronte a un consiglio di famiglia. Lidovina, l'Ottaviano, l'Anzibene, tutti e tre seduti attorno al tavolo di cucina, le diedero l'impressione di aspettare solo lei per cominciare, impressione che la stessa Lidovina confermò, invitandola a entrare, sedersi e togliersi dal viso il dubbio che dovessero comunicarle chissà quali brutte notizie.

– Ci sono novità in arrivo in effetti, – disse poi la stessa Lidovina.

Ma se Versalia si stava preparando a versare lacrime, aggiunse ridendo, sapesse almeno che dovevano essere di gioia. La prima novità era che il nonno Anzibene di lí a poco si sarebbe definitivamente sistemato da loro. Ci stavano pensando da tempo, intervenne lui, gli anni che si ritrovava sulle spalle l'avevano convinto che non era piú in grado di lavorare.

– Giusto il tempo di concludere la vendita della cascina.

Certo, nessuno doveva pensare che da lí in avanti avrebbe fatto la vita del pensionato, qualcosa era ancora in grado di combinare e l'Ottaviano ne sarebbe stato testimone.

– E questa è una, – precisò Lidovina.

– Bene, – commentò Versalia tanto per dire qualcosa.

Ma se quella era solo la prima allora...

Lidovina ne interruppe il pensiero, rivolgendosi al marito.

– Parlo io o parli tu?

Pareva quasi che i due stessero recitando una parte provata e riprovata. In un certo senso era proprio cosí, ma per il solo Ottaviano. L'idea di avere un figlio suo era maturata in lui dopo il matrimonio con i tempi di una gravidanza e gli stessi tempi gli ci erano voluti per trovare le parole per dirlo. Per un po' Lidovina, nell'impossibilità di dimenticare cos'era successo col Felicino e tutto ciò che ne era conseguito, aveva rifiutato l'idea.

Bisognava accontentarsi di quel che avevano, era stata la frase con la quale piú spesso aveva rigettato la proposta. Ma non aveva considerato la pazienza, la caparbietà dell'uomo. Era riuscito ad aspettarla per talmente tanto tempo, sí o no? Con altrettanta pazienza l'Ottaviano aveva atteso che nella moglie maturasse la convinzione che fosse giunto il momento di sfidare la sorte e pensare a un secondo figlio.

La certezza che quel figlio fosse in arrivo l'avevano da un paio di mesi. Il primo a esserne stato informato era il nonno Anzibene, Ottaviano aveva insistito fino all'ultimo affinché fosse Lidovina a farlo, ma lei s'era rifiutata.

«In fin dei conti chi l'ha voluto?» aveva ribattuto in tono divertito.

«Ma cosa... come glielo dico?» aveva obiettato lui, facendo ridere francamente la moglie.

«Per caso ti vergogni? – aveva chiesto Lidovina. – Credi che mio padre non sappia come si mettono al mondo i figli?»

«Ma no, è solo che...»

«E allora coraggio, le parole non ti mancano».

«Forse sí», aveva risposto lui.

Scherzava?

Va be', Lidovina aveva sorvolato.

«Digli che aspettiamo un figlio», aveva suggerito.

«Tutti e due?»

«Sí, tutti e due».

E l'Anzibene, da quel momento, s'era beccato l'appellativo di nonno che prima di allora, nonostante la presenza del Felicino, nessuno in casa aveva mai usato.

Con la stessa frase, «Aspettiamo un figlio», alzandosi in piedi e arrossendo, l'Ottaviano comunicò la novità alla Versalia. Lei rimase in silenzio, tornando con la mente a tutte le occasioni in cui s'era rimangiata le parole con cui chiedere all'amica se non fosse l'ora di pensarci. Scrutò il viso di Lidovina cercando segni di preoccupazione, senza però trovarne.

– Sono felice per te, – le uscí infine dalla bocca.

– Aspetta a dirlo, – sorrise Lidovina.

Perché, nonostante tutto, non voleva correre rischi di sorta. Insomma, ne aveva parlato con l'Ottaviano, poi con suo padre, e avevano deciso di chiedere a Versalia se fosse ancora disposta a dare una mano in casa come ai vecchi tempi.

– Sento di avere bisogno di un'amica accanto, – disse Lidovina improvvisamente seria.

E chi meglio di lei?

– Nessuno, – rispose Versalia. – E vedrai che questa volta filerà tutto liscio.

Nemmeno la guerra, dichiarata da poco piú di un anno, riuscí a inquinare la sostanza di quella previsione. Fu una gravidanza senza intoppi, con un parto domestico indolore, avvenuto quando il conflitto mondiale aveva smesso di illudere che fosse prossimo alla fine: quattro chili di peso, il neonato, e un pianto cosí acuto che fin le galline lo sentirono e a modo loro risposero.

Nel settembre 1942 nacque Silvestro, come il nonno paterno, il fratellastro del Felicino che intanto cresceva in scienza e coscienza.

Parte seconda

13.

Era una mattina di ottobre del 1956. Piovigginava, peccato. Fino al giorno precedente il tempo era rimasto sereno, la temperatura clemente. Lo era anche quella mattina, non ci voleva la pioggia. E va be', avrebbe potuto anche grandinare, aveva pensato Lidovina al risveglio, dopo aver guardato dalla finestra: niente sarebbe riuscito a rovinarle la giornata, a inquinare la soddisfazione di vedere finalmente il suo primo figlio che veniva proclamato dottore in Legge. Con allegria, quindi, aveva posto all'Ottaviano la domanda: – È la stessa? – Ma lui, serio da sembrare quasi preoccupato alla prospettiva di partire in direzione Pavia, città dove era stato forse un paio di volte, pareva non aver colto l'ironia.

– Che cosa? – chiese.

– La cravatta, – chiarí Lidovina ridendo.

Era forse la stessa che aveva dimenticato sul tavolo di cucina tanti anni prima, quella che lei gli aveva restituito la domenica in cui lui avrebbe dovuto farle la proposta di matrimonio? La stessa che aveva indossato il giorno in cui s'erano poi sposati? Era la stessa che si stava preparando a mettersi al collo?

– Penso proprio di sí, – rispose l'Ottaviano.

Altre non ne aveva.

– Bene, – fece Lidovina.

– Perché? – chiese lui.

– Mi pare che abbia portato fortuna, non credi? – osservò lei.

Come talvolta gli capitava, l'Ottaviano la guardò in attesa che le parole per rispondere maturassero dentro di lui. Sentiva che Lidovina aveva ragione, la fortuna era stata dalla loro: che la cravatta c'entrasse o meno, adesso si preparavano a festeggiare una giornata memorabile. Ma non era solo quello che gli sarebbe premuto dire, c'era qualcos'altro, un'urgenza, una malinconia per il tempo che era passato, una felicità non del tutto completa, rovinata dalla consapevolezza che ogni cosa diventava subito ricordo. Sí, erano stati fortunati per aver scampato le peggiori brutture della guerra, per non aver dovuto piangere parenti o amici morti su qualche fronte o tornati l'ombra di sé stessi. Fortunati perché la terra sulla quale vivevano non li aveva mai traditi, tenendo alla larga la miseria che era stata compagna di chissà quanti. Fortunati, senza dubbio. Ma ci sarebbe voluto un po' per mettere in fila tutte quelle parole e Lidovina fremeva, non poteva aspettare. Cosí l'Ottaviano decise di tacere e si limitò a sorridere, accennando col capo.

– Sí, – rispose, quella cravatta aveva davvero portato fortuna.

Lo studio legale Stancabassi era il piú rinomato di Cremona, una fama che andava ben oltre i confini della città. Il suo fondatore, l'avvocato Romolo Stancabassi, aveva alle dipendenze un quartetto di avvocati che si occupavano chi di cause civili, chi di cause penali. Lungimirante com'era sempre stato, non altrimenti aveva raggiunto una posizione del genere, era alla costante ricerca di linfa nuova («La materia grigia non mi serve, la lascio agli altri, mi serve piuttosto materia fresca quale che sia il colore», usava dire scherzando) per garantire al suo studio l'eccellente qualità di servizi che aveva offerto nei lunghi anni di attività.

– Anche dopo di me, – affermava, producendosi poi in un gesto scaramantico che stonava con la sua figura severa.

Grazie alle conoscenze che aveva soprattutto in ambito universitario, non si lasciava sfuggire i cervelli che riuscivano a distinguersi. Di Felice Piedivico gli aveva parlato, segnalandoglielo, il relatore con il quale il ragazzo aveva redatto la tesi di laurea, incentrata sulla legislazione relativa agli espropri.

– Un civilista nato, – gli aveva garantito quello.

– Vedremo, – aveva risposto lo Stancabassi.

Vedremo, certo. Dei pareri altrui non si fidava mai del tutto, li considerava alla stregua di indizi sui quali indagare per conto proprio in modo da poter emettere una sentenza senza appello. Cosí aveva mandato uno dei suoi collaboratori ad assistere alla sessione di laurea del Felicino allo scopo di contattarlo e invitarlo per un colloquio presso lo studio. L'emissario dello Stancabassi non perse tempo, partí all'attacco dopo che il Felicino venne proclamato dottore in Legge magna cum laude, concedendo giusto il tempo ai parenti di congratularsi, prodursi in abbracci, baci, pacche sulla spalla. Osservando il gruppetto che stava attorno al neolaureato non poté fare a meno di notare in lui qualcosa di diverso dagli altri: era palesemente a suo agio, mentre quelli sembravano un poco impacciati. A parte una delle due donne e un vecchio che si appoggiava al bastone, erano tutti rossi in viso, lustri, benché nell'aula la temperatura fosse tollerabile. E poi davano l'idea di essere costretti nei vestiti, come indossassero armature. Fatta la diagnosi, «Campagnoli», fendette la folla e si fece avanti per presentarsi.

– Avvocato Manlio Blaggi.

– Piacere, Felice Piedivico, dottore in Legge.

– Ne ho appena preso atto, – rispose quello.

E, aggiunse, se si permetteva di disturbare era per comunicare al novello dottore in Legge cosa di una certa urgenza.

– Questione di pochi minuti.

– Non possiamo aspettare piú tardi? – domandò Felicino.

Il Blaggi dondolò il capo.

Campagnoli i parenti, forse campagnolo anche lui, un po' duro di comprendonio?

– Vengo da parte dell'avvocato Stancabassi, – chiarí.

Una precisazione che lasciò del tutto indifferente la compagnia, ma che produsse sulla fronte del Felicino piú di una ruga.

– Dello studio... – mormorò.

– Dello studio Stancabassi, esattamente, – confermò il Blaggi, quasi illuminandosi al vedere lo stupore che si distese sul viso del neodottore.

Furono davvero pochi minuti, tre, quattro, come aveva promesso l'avvocato. Ritornato nel circoletto dei suoi Felicino pareva aver perduto parte della gioia che fino a poco prima l'aveva animato.

– Cosa voleva quello?

Fu Silvestro il piú svelto a chiedere conto dell'intrusione.

– Vieni qui, – disse Felicino prendendo per le spalle il fratello.

L'avvocato Stancabassi gli aveva fissato un appuntamento per l'indomani mattina, alle otto, presso il suo studio. Quella chiacchierata preliminare poteva preludere a un posto di lavoro che non s'era mai nemmeno sognato di prendere in considerazione.

Mentre riportava queste informazioni alla famiglia fu Lidovina a interromperlo.

– Ma...

– Lo so, – disse il figlio.

Significava che lui, fresco di laurea, non avrebbe potuto partecipare alla festa in suo onore che lo attendeva nella cascina del patrigno. Felicino chiuse per un attimo gli occhi per confermare che sarebbe stato cosí, ma anche percependo che con la scelta appena fatta aveva l'opportunità di dare una svolta decisiva alla propria vita. Quando li riaprí per guardare il malcelato imbarazzo dell'Ottaviano, di Versalia, del nonno Anzibene, strinse ancora di piú le spalle di Silvestro.

Fin dal momento in cui gli era stata data la notizia della futura nascita, Felicino aveva nutrito nei confronti di Silvestro un sentimento di affetto che aveva sconfitto ben presto le paure di Lidovina riguardo a una possibile gelosia verso il neonato. D'estate, quando vi passava una settimana o due, la cascina dell'Ottaviano diventava per Felicino una parentesi nel tempo in cui tralasciare i libri e dedicarsi al fratellino. Non era infrequente vederli giocare assieme e sorridere di conseguenza notando come il maggiore si adattava ai giochi del piú piccolo: e soprattutto riflettere su come il primo stava recuperando la spensieratezza che gli era mancata nell'età in cui avrebbe dovuto goderne sopra ogni altra cosa. Era anche singolare vederlo correre in compagnia del fratello come mai aveva fatto, oppure portarselo in spalla, facendo ridere Lidovina, il marito e il nonno Anzibene, ormai costretto a starsene perlopiú seduto o a camminare aiutandosi con un paio di bastoni, prevedendo che quanto prima sarebbe stato Silvestro a caricarsi sulle spalle il fratello maggiore. Una previsione che anno dopo anno si era confermata, poiché Silvestro s'era avviato a diventare il doppio del fratello e a sviluppare quell'amore per la terra e il lavoro in campagna che invece Felicino aveva potuto solo accarezzare come un sogno inattuabile: far stare sui libri il Silvestro era impegno gravoso, mentre non era necessario invitarlo a seguire il padre nella stalla o nei campi per cominciare ad apprendere i segreti dell'agricoltura. A Felicino questa propensione del fratello dava calore e allegria: sentiva che in lui avrebbe avuto il custode di un mondo che non gli era mai appartenuto ma che sarebbe stato ben lieto di accoglierlo ogniqualvolta l'avesse voluto. Lí erano custoditi gli affetti della sua vita, che sentiva tanto piú intensamente quanto piú ne era lontano. Quando li salutava per fare ritorno a Pavia indugiava negli abbracci, in particolare con Silvestro, cui raccomandava in tono scherzoso di badare a che tutto filasse liscio in cascina. Nonostante il destino l'avesse portato altrove, sentiva di essere debitore verso quella terra, di non averla tradita: quel luogo conservava la memoria di un padre conosciuto appena e sulla tomba del quale andava di tanto in tanto con l'intenzione di rinverdire certi frammenti della memoria, impedire che svanissero, sommersi dagli eventi quotidiani.

La voce di sua madre lo richiamò alla realtà.

– Faremo festa quando tornerai, – disse.

Rimandarono alla sera del giorno seguente, dopo il colloquio con l'avvocato Romolo Stancabassi.

– Colloquio... – raccontò poi il Felicino.

Piú che un colloquio era stato una specie di interrogatorio. Lo Stancabassi aveva voluto sapere tutto di lui, abitudini, passatempi, letture, amicizie, eventuali fidanzate.

– Prendendo nota di ogni mia risposta, – proseguí il Felicino, – come se mi stesse assegnando un punteggio.

L'avvocato aveva anche voluto sapere che tipo di atteggiamento avesse nei confronti del lavoro.

Perché, aveva spiegato, nel suo studio non si guardavano le lancette dell'orologio.

«Ladri, fregnoni, imbroglioni e compagnia bella non vanno quasi mai in vacanza», aveva sottolineato lo Stancabassi. E di conseguenza neppure i loro avvocati.

Pensando a Silvestro, Felicino aveva ribattuto che nemmeno in campagna gli orologi contavano piú di tanto. Era stata la risposta che aveva fatto tirare una riga allo Stancabassi come se avesse terminato di buttare giú gli elementi di un'addizione e si preparasse a fare i conti. Il risultato era stato la proposta di entrare nel suo studio.

– Un anno, come praticante, – comunicò Felicino.

Pagato, naturalmente, non proprio alla pari di un dipendente ma...

– La gavetta, – sospirò.

La gavetta toccava a tutti, aveva precisato lo Stancabassi, e per quanto potesse sembrare indigesta era necessaria a entrambi: a lui per capire se il dottor Felice Piedivico fosse all'altezza del suo studio e allo stesso praticante per capire se quel posto si adattasse ai suoi desideri e alle sue capacità.

– E chi non l'ha fatta? – commentò l'Ottaviano.

Ma non pensava agli anni impiegati per imparare a gestire la cascina, come pure stava facendo Silvestro. Piuttosto alla gavetta che l'amore per Lidovina gli aveva imposto, gli anni di attesa, di fedeltà al proprio sentimento, prima di riuscire ad averla per moglie. Tacque, non gli parve il caso di rievocare quel tempo e le ombre che lo avevano contraddistinto. Ma ripensandoci si trovò a sorridere nel constatare che tutto pareva ridursi a cosa dell'altro ieri. Eppure erano passati anni, c'era stata una guerra di mezzo, s'era sposato, aveva messo al mondo un figlio...

– Cosa c'è da sorridere? – chiese Lidovina.

– Niente, – rispose Ottaviano, – sembra ieri che il nostro dottore era un bambinetto e andava in collegio, e adesso è pronto per diventare un avvocato di fama.

– Piano, piano, – intervenne Felicino, – non ho neanche cominciato.

L'ultima parola toccò al nonno Anzibene.

– Vedrai, – disse, – vedrai.

Non ci si accorgeva di quanto veloce passava il tempo, l'importante era non disperderlo.

Quella frase ritornò alla memoria di Felicino quando ormai da anni era un avvocato dello studio Stancabassi.

Era una mattina di gennaio del 1962, il giorno in cui conobbe Luigina Gambetta.

– Il tempo vola e non ne ho da perdere, – disse lei prima ancora di presentarsi.

– E allora non perdiamone e mi dica tutto, – rispose lui.

14.

Luigina Gambetta era figlia del cremonese Edo Gambetta, proprietario della Gambetta e figli, una ditta di trasporti fondata attorno alla fine degli anni Venti a partire da un solo autocarro e sviluppatasi poi nel corso dei decenni, fino a diventare una sorta di potenza con un parco che contava ormai una ventina di mezzi. Grazie a questi il Gambetta assicurava di poter consegnare qualsiasi cosa, anche animali di piccola taglia, in qualunque località del Nord Italia. Il problema che si era via via evidenziato per la ditta stava proprio nella sua denominazione: figli cui lasciare le redini dell'azienda non ce n'erano. Due figlie piuttosto, Luigina e Anselma. E nessuna delle due, benché di tanto in tanto avessero dato una mano svolgendo qualche lavoretto, aveva mai manifestato l'intenzione di occuparsene seriamente.

All'inizio di quell'anno il Gambetta s'era confrontato con la moglie, che l'aveva sempre affiancato nell'amministrazione. Avevano fatto un po' di conti, non solo economici, avevano convenuto di aver lavorato abbastanza e avevano valutato che la prospettiva di lasciare in eredità la ditta alle figlie, le cui posizioni erano chiare ormai da tempo, era pura illusione. Non avevano nemmeno avuto bisogno di chiedersi cosa fare, quindi senza rimpianti avevano deciso di mettere in vendita la società, che faceva gola a parecchi, e guardare al proprio futuro come fosse un'eterna vacanza.

A Luigina e Anselma il Gambetta aveva parlato con franchezza: una fetta del ricavato, dopo una sorta di asta che aveva reso dei bei soldini, sarebbe spettata a loro due. E non solo quella, perché il Gambetta in passato aveva investito qua e là parte dei suoi proventi. Allo stato dei fatti possedeva un paio di magazzini affittati ad altrettanti commercianti, una casetta di campagna dalle parti di Robecco d'Oglio e un locale in pieno centro occupato da una parrucchiera. Aveva pure una casa di proprietà in Liguria, ad Andora, che era stata meta di vacanze estive sempre troppo brevi. Bene, aveva deciso di lasciare tutte le sue proprietà alle figlie, pesandone il valore e ripartendole dopo un'oculata supervisione effettuata con la moglie. Tutte, tranne l'appartamento di via Ghinaglia, dove i Gambetta abitavano, e la casa al mare, dove finalmente avrebbero potuto trascorrere piú tempo. Era ora insomma che tanto l'Anselma quanto la Luigina cominciassero a camminare con le proprie gambe, ammesso che con quel po' po' di roba che lasciavano loro fosse proprio necessario trovare un impiego. Facessero quello che volevano comunque, era stato in sintesi il pensiero dei genitori la sera in cui avevano comunicato la decisione.

Era la fine di gennaio, dalla mattina gravava sulla città una nebbia che nemmeno un coltello sarebbe riuscito a tagliare. Le due ragazze erano, come si usa dire, cadute dal pero. Non avevano mai avuto sentore di ciò che bolliva in pentola e la novità, le novità anzi, le grandi stupefacenti novità le colpirono lasciandole a bocca aperta. La prima a reagire fu Anselma, la minore. Andava per i venticinque anni, era carina come la madre, da un annetto circa frequentava un giovane ingegnere e pur rifiutando la qualifica di fidanzata c'era da scommettere che l'avrebbe sposato.

– Ma è meraviglioso! – sbottò.

Difficile dire se tanta meraviglia fosse frutto della gran fortuna che in un colpo le era caduta addosso oppure se fosse davvero felice per i genitori. In ogni caso non fu solo la prima a reagire, ma anche ad alzarsi dalla sedia per andare ad abbracciare il padre e la madre, accesa in viso: e pure in quel caso, chi poteva dire se fosse emozione o commozione?

Luigina aveva ascoltato senza battere ciglio. Con una certa degnazione aveva seguito le mosse della sorella. Maggiore di tre anni, Luigina Gambetta aveva da poco compiuto i ventotto e fino ad allora non aveva mai mostrato particolare interesse verso alcunché. Dava l'impressione che la noia fosse una costante nella sua vita, offriva agli sguardi una mimica che la faceva sembrare quasi sempre a un passo dall'addormentarsi. Dalla madre aveva preso i capelli, di un nero che aveva dei riflessi bluastri, ma il viso ricordava i tratti un poco grossolani del padre. Aveva frequentazioni, certo, doveva pur riempire le ore delle sue giornate prive di impegni: il cinema, il teatro, qualche gita fuori porta per visitare luoghi d'arte insieme con il circoletto delle sue amicizie, formato da compagne e compagni del liceo che aveva frequentato senza poi proseguire gli studi. Ma di potenziali fidanzati in famiglia non era giunta ancora alcuna notizia. E se qualcuno osava indagare tutto ciò che otteneva era uno sbuffo, c'era bisogno di rispondere per chiarire che anche quelle domande l'annoiavano? Persino parlare le risultava noioso. Come quella sera, quando toccò al genitore invitarla a esprimersi, visto che non reagiva.

– Non dici niente tu? – chiese il Gambetta.

La risposta di Luigina fu anonima, o forse equivoca.

– Come mai? – chiese a sua volta.

Come mai?

Ma che razza di domanda era!

– Come mai? – ripeté il genitore.

Come mai era lí sotto gli occhi di tutti: una vita di lavoro alle spalle, un benessere guadagnato coi sacrifici, la speranza di qualche, magari piú di qualche, anno di vita senza pensieri. Se lo potevano ben permettere e non si sarebbero lasciati guai alle spalle, anzi!

Ecco, quindi, come mai!

Al Gambetta stava montando un po' di nervoso. Non c'era verso di accontentare quella crista di una figlia, di lavarle via dal viso quella maschera di perenne insoddisfazione.

– Se hai qualcosa da dire, dillo adesso. Tua madre e io abbiamo fatto le cose nel migliore dei modi, ma se qualcosa non ti quadra…

Anselma la guardava cercando di capire cosa diavolo le frullasse nella testa.

Cosa voleva di piú?

– Allora, – intervenne sua madre, – siamo d'accordo?

Luigina si girò verso la finestra del salotto che dava sulla via sottostante, pareva che il vetro avesse ricevuto una mano di biacca tant'era spessa la nebbia.

– Sí, – rispose tanto per dire e chiudere la riunione di famiglia.

La mattina seguente c'era ancora nebbia su Cremona, non si vedeva niente o quasi.

Che fosse un presagio?

Luigina credeva poco ai segni del destino, ai sogni, alle premonizioni. La nebbia è solo nebbia, niente di piú. Bisognava esserci nati dentro per non smarrirsi, non perdere l'orientamento. Cosí uscí senza la minima esitazione per recarsi presso lo studio legale Stancabassi.

– Perché, per quanto uno si orienti bene nella nebbia, il panorama lo si vede meglio quando non c'è. Non crede anche lei, avvocato?

L'avvocato in questione era Felice Piedivico cui Luigina Gambetta, dopo essersi presentata con quella frase sul tempo che non concedeva requie e quella specie di metafora, spiegò in cosa consistesse il caso che gli era stato affidato. Piú che un vero e proprio caso, una consulenza, la richiesta di un parere qualificato prima di capire se ci fosse o meno materia per avvocati. In sostanza bisognava chiarire se la divisione dei beni proposta dal genitore fosse equa in termini puramente economici oppure pendesse troppo dalla parte della sorella. Sulle prime il Piedivico avanzò qualche dubbio sul fatto che valutazioni del genere fossero di competenza legale.

– Semmai dovrebbe rivolgersi a uno studio di geometri, a un'agenzia immobiliare, insomma a qualche esperto del settore e solo dopo...

Luigina lo interruppe.

– Lo so, – disse. L'aveva immaginato. – Ma mi crede se le confesso che pur essendo nata e cresciuta in questa città non saprei dove cercare, a chi chiedere? – Per quello s'era rivolta al prestigioso studio Stancabassi con la convinzione che solo lí avrebbe trovato una guida che la consigliasse, la orientasse.

– E soprattutto qualcuno, un supervisore, che segua da vicino la pratica, se la vogliamo chiamare cosí. Da parte mia lei ha carta bianca.

Poteva scegliere da sé i consulenti che preferiva, lei non avrebbe messo il becco nelle sue decisioni. E alla fine sarebbe stato ben ricompensato, quali che fossero le conclusioni.

– Cosa ne dice, avvocato?

La voce morbida della donna sembrava impastata della nebbia che ancora gravava sulla città e raggiunse le orecchie ma non del tutto la mente del Piedivico, il quale ripensava a ciò che il responsabile dello studio, l'avvocato Romolo Stancabassi, gli aveva detto prima della visita della Gambetta.

«A quanto pare si tratta di una questione di eredità, ma non ho approfondito piú di tanto».

Anche lui gli aveva lasciato carta bianca.

«Se ti pare che ne valga la pena accetta l'incarico, sennò con una bella scusa, e con tanto di ringraziamenti per aver pensato al nostro studio, avviala da qualche altra parte».

Luigina Gambetta intuí che il Piedivico stava riflettendo sulla risposta da dare. Era ben decisa a non accettare rifiuti, da lí voleva uscire con una risposta positiva.

– Se le chiedessi di dedicarmi qualche ora del suo tempo, in un giorno o due a sua scelta, per mostrarle ciò che mi spetta, sarebbe troppo?

Felice Piedivico meditò sulla proposta.

– Magari durante uno di questi fine settimana, – rispose, l'orario di lavoro non si toccava.

– Naturalmente quando non ci sarà nebbia, – commentò lei con un sorriso accattivante.

– Naturalmente, – ribadí lui con la sensazione che quella donna stesse entrando nella sua vita non solo in qualità di cliente.

– Siamo d'accordo allora.

E prima di alzarsi e salutare lasciò sulla scrivania il suo numero di telefono.

– Aspetterò la sua chiamata.

– Non dubiti, – assicurò lui.

15.

Dopo l'uscita della donna, Felice Piedivico rimase per un po' a fissare il bigliettino sul quale lei aveva vergato il numero di telefono. Per essere professionale avrebbe dovuto rispondere che ciò che gli aveva chiesto andava ben oltre le sue competenze. Avrebbe dovuto indirizzarla altrove, come anche lo Stancabassi gli aveva suggerito. Invece era incerto sul da fare, forse per la prima volta da che lavorava in quello studio.

Si avvicinò alla finestra quasi volesse lasciare sulla poltrona quel pensiero, che invece lo seguí al solo scopo di essere completato: se non aveva risposto come avrebbe dovuto era perché gli sarebbe piaciuto rivederla. E l'impressione fugace di non poterlo fare, come se la nebbia che aveva adesso sotto gli occhi l'avesse inghiottita, lo inquietava. Tornò a guardare il numero di telefono, il filo che lo teneva legato a lei. Be', una cosa del genere non gli era mai capitata. Cioè, non gli era mai successo di sentirsi attratto da una donna e di restare cosí scombussolato in cosí breve tempo; in fin dei conti era rimasta lí, quanto?, una mezz'ora forse, a farla grande! Vero era che non aveva mai avuto grosse occasioni per fare vita mondana, conoscere, frequentare. Lo studio prima e il lavoro poi l'avevano tenuto impegnato spesso anche il sabato e la domenica. A dirla tutta gli avevano fatto buona compagnia, dandogli la sensazione di essere pienamente realizzato e senza lasciargli immaginare che invece...

Il numero di telefono era sempre sulla scrivania: per quel giorno, il Piedivico se lo stava confessando nel silenzio del suo ufficio, non sarebbe riuscito a combinare niente. Con la mente stava volando sopra la nebbia per atterrare nella cascina dell'Ottaviano, dove lo aspettavano Silvestro e sua madre – il nonno Anzibene no, se n'era andato poco piú di un anno prima – sebbene lui ci andasse con minor frequenza per via del lavoro. E non mancavano mai di chiedere se per caso, all'orizzonte, non fosse spuntata una fidanzata. Lui non sapeva cosa rispondere, se non: «Vedremo, c'è tempo». Ma adesso, con quel numero di telefono lí davanti, cominciava a sentire un *tic tac* immaginario che rimbalzava da una parete all'altra dell'ufficio, insinuante e dispettoso, come se il tempo stesse scandendo una sorta di conteggio, tutt'altro che l'ideale per concentrarsi sul lavoro. La giornata fu infruttuosa, quella seguente pure.

A un certo punto lo Stancabassi gli chiese cos'avesse deciso riguardo alla questione.

– Devo valutare per bene ogni cosa, – rispose lui, sperando che l'occhio clinico di quello non intuisse la mezza bugia.

Gli parve che la mossa ideale fosse quella di passare il fine settimana presso la cascina dell'Ottaviano. Mancava da quasi due mesi: c'erano state telefonate, certo, ogni due, tre giorni per informarsi su come andavano le cose soprattutto dalla voce di Silvestro, entusiasta di quella vita e con la testa piena di progetti per migliorare la cascina, renderla sempre piú moderna. Ci sarebbe andato quindi, per respirare un'altra aria, liberarsi un po' la testa. Ma ciò che davvero lo spinse a partire sabato mattina fu il desiderio inconfessato di sentirsi porre di nuovo la domanda cui avrebbe abboccato come un pesce. Ecco, parlare, dare voce alla sensazione che avvertiva avrebbe reso la faccenda piú reale, forse avrebbe facilitato le cose... avrebbe...

L'avvocato Felice Piedivico aveva bisogno di consigli, quella era la verità, e chi glieli avrebbe potuti dare se non sua madre o l'Ottaviano, che aveva avuto la pazienza di aspettarla per cosí tanto tempo? Entrò in casa Pendoli con la precisa intenzione di dare una risposta diversa dal solito alla domanda che attendeva. Ma appena un paio di giorni prima era giunto in stalla un toro da riproduzione che dominò ogni discorso, richiamando piú di un allevatore curioso di vedere la bestia e generando un andirivieni pressoché continuo. Per quella volta i problemi di cuore del Felicino passarono in secondo piano. Se ne tornò a Cremona verso la metà pomeriggio di domenica con il suo bel dilemma ancora irrisolto e il numero di telefono ormai memorizzato, ancora incerto se farne uso oppure no.

Fu Luigina Gambetta a dirimere la questione la mattina di lunedí quando telefonò allo studio Stancabassi chiedendo di lui.

– Allora, avvocato? Ci ha pensato in questi giorni?

Il Piedivico fu preso in contropiede, piú che alla sua proposta di incarico aveva pensato a lei, a cosa fare col suo numero di telefono. Non gli uscí che un: – Ecco... – dopo il quale non sapeva cos'altro dire. Ma Luigina nel frattempo aveva ripreso la parola.

– E se me lo dicesse questa sera, magari invitandomi a cena? – suggerí lei. – Le sembra un azzardo? – insisté la donna visto che Felice era rimasto senza parole.

In realtà sí, al Piedivico sembrò un vero e proprio azzardo che in linea teorica avrebbe dovuto essere lui a mettere in campo.

Ma ne avrebbe mai avuto l'ardire?

– Sí, – rispose allora.

– Sí? – domandò Luigina.

Sí, gli sembrava un azzardo, oppure sí alla cena per chiacchierare di tutto senza fretta?

– Sí, d'accordo per la cena, – disse il Piedivico.

E dopo aver riappeso la cornetta non poté fare a meno di pensare all'Ottaviano, a sua madre, al fratello e, massí, anche al toro. Alla prima occasione utile avrebbe detto loro che forse, ecco, magari... magari all'orizzonte quella cosa là, la fidanzata insomma, si stava profilando. Giusto quello era per il momento, un profilo, una linea disegnata a matita cui bisognava aggiungerne altre per arrivare a un disegno completo.

Durante la cena presso il ristorante *Il Violino*, Felicino fu affascinato dalla spigliatezza di Luigina: una vera donna di città al cospetto della quale lui, che per i suoi pranzi e cene approfittava di qualche trattoria, se non si arrangiava da sé nel bilocale che aveva affittato in via Battisti, si sentí addosso il retaggio degli anni vissuti in campagna, in collegio e poi nello studentato durante l'università. Un po' schiacciato da tanta sicurezza, disarmato. Alla fine della cena Luigina chiese il conto e lo pagò. Quello sí che era un colpo basso, il Piedivico non si tenne dal dirlo.

– Per nulla, – replicò lei, – vuol dire che la prossima volta toccherà a te.

Piú tardi Felice si ripeté quella frase e la analizzò, rendendosi conto che la donna gli aveva offerto il destro di richiamarla, invitarla a un nuovo appuntamento ed era passata a usare il tu. Quella sera l'avvocato Felice Piedivico si addormentò immaginando il toro cui, primo fra tutti, confidava di essersi innamorato. Per farlo davvero però, e non di fronte all'animale, dovette aspettare poco piú di un mese, quando tra pranzi e cene i conti erano stati spartiti stabilendo una sostanziale equità. Mancava solo di dare un'occhiata alla proprietà in quel di Robecco d'Oglio, casa di campagna che Luigina Gambetta gli aveva confessato di aver frequentato ben poco.

– Ci andiamo sabato? – gli chiese una sera.

– Noi due? – ribatté lui.

Luigina rispose solo con un sorriso.

Partirono in macchina, Luigina alla guida, dando l'ennesima dimostrazione di indipendenza, lui sempre piú attratto da quella donna ma continuando a sentirsi alla periferia del suo mondo. Per fortuna, mentre si allontanavano dalla città, i colori che venivano loro incontro, l'azzurro vivido del cielo dove regnava ancora il freddo di fine inverno e quello della terra scura sulla quale brillavano i riflessi della brina, parvero aiutare Felice a ridurre la distanza che lo separava dalla sua autista. Non l'aveva mai vista al di fuori della solita cornice, fosse il suo studio, uno dei bar dove avevano preso un caffè o un aperitivo, oppure un ristorante. L'impressione era che quella trasferta fosse stata pianificata con uno scopo ben preciso, metterlo cioè nella condizione perfetta per sentirsi padrone del momento e parlarle da pari a pari, trovandosi nel mondo in cui era cresciuto e soprattutto che gli aveva dato gli strumenti per diventare quello che era.

Parlò mentre erano per strada. Si dichiarò guardando Luigina che guidava e cercando sul viso di lei l'indizio di una reazione.

– Cosa mi rispondi? – le chiese infine.

Che già da tempo l'aveva misurato, pesato, calcolato, catalogando tutte le sue buone qualità: di bell'aspetto anche se un po' troppo magro, educato secondo modi forse un po' antichi ma comunque gradevoli, riflessivo, colto, in quanto a ciò molto piú di lei, e avvocato nello studio piú prestigioso della città. Quello che si diceva il partito ideale.

Cosa rispondergli quindi?

– Che è una dichiarazione ben strana, fatta in macchina e mentre sto guidando.

Il Piedivico fu lí per aggiungere altro, ma Luigina lo anticipò.

– Dico che era ora, tutto sommato.

– È un sí?

– Giudica tu, – fu la risposta della donna.

– Direi che è un sí, – concluse Felicino pensando alle facce dei suoi quando avrebbe portato loro la notizia.

16.

L'intelligenza e l'impegno che profondeva negli incarichi che gli venivano affidati avrebbero potuto fare di Felice Piedivico un ottimo penalista. Il carattere però, cosí schivo, e un fondo di candore che si portava dentro fin dai tempi del collegio l'avevano sempre indotto a guardare a quella materia con una sorta di spavento interiore. Tenersi lontano da crimini di vario genere gli sembrava l'atteggiamento migliore per poter sempre e comunque trovare del buono nell'umanità, anche se alcune delle cause civili di cui si occupava lo mettevano a confronto con certi bassi istinti ai quali opponeva i suoi principî. E spesso, cosí facendo, gli riusciva di ridurre i clienti a piú miti consigli. Quel risultato rappresentava per lui una vera e propria vittoria dell'unica legge superiore a quella che aveva studiato, la legge che regolava la sua vita e che a suo giudizio avrebbe dovuto regnare nell'animo di tutti gli esseri umani. Spesso quel codice etico e morale che lo sosteneva era stato preso per timidezza. Lo stesso titolare dello studio glielo aveva fatto notare piú volte.

– In aula, in ogni contesa, la timidezza è un'arma offerta all'avversario!

Lo è anche nella vita, aggiungeva di solito. Ma il Felicino non si era mai ritenuto un timido. Tuttavia aveva dovuto considerare quell'aspetto del proprio carattere nel momento in cui, in qualità di fidanzato, aveva cominciato a frequentare Luigina Gambetta. Alla quale, passato già qualche mese dal giorno della dichiarazione in macchina, ancora non aveva detto di avere un fratello nato dal secondo matrimonio di sua madre. La famiglia era un argomento che in qualche occasione Luigina aveva affrontato e su cui lui aveva sempre sorvolato, raccontando piuttosto del padre perduto quando era piccolo e poi addentrandosi negli anni trascorsi in collegio e quindi all'università. Cosí facendo aveva ingenerato in Luigina l'impressione che tra lui e la madre ci fosse stato qualche insanabile scontro che l'aveva costretto a starle lontano e a non gradire che se ne parlasse. Lei non poteva certo immaginare di essere del tutto fuori strada e che invece il suo avvocato stesse combattendo una battaglia contro sé stesso: se da una parte sentiva che era suonata l'ora di metterla a parte con completezza delle vicende familiari, dall'altra temeva che riferendole di un secondo marito e di un altro figlio lei potesse fantasticare su chissà quali trascorsi torbidi, come già le aveva sentito dire a proposito di chi abitava in campagna e di certe abitudini che vi venivano ancora praticate. Non era possibile rimandare troppo, ma il Piedivico continuava ad aspettare il segnale che i tempi fossero maturi. Maturarono, o quasi, una sera, cogliendolo di sorpresa. I due avevano appena preso un caffè sotto il Torrazzo e Luigina tirò in ballo l'argomento delle nozze che a Felicino diede un brivido.

– Ti sei spaventato? – chiese lei ridendo.

– No, – mentí lui con poca efficacia.

– Invece sí, – rilanciò lei.

Comunque non doveva temere, si tranquillizzasse: non si riferiva alle loro nozze, piuttosto a quelle di una sua amica che si sarebbe sposata di lí a una decina di giorni. Erano entrambi invitati e magari lui se n'era dimenticato.

– Prima o poi anche noi dovremo arrenderci all'idea, non credi? – aggiunse.

Oppure preferiva che facessero i fidanzatini a vita?

Felicino rimase zitto. Luigina lo volle scuotere.

– Mi hai sentito o no?

Il tono della donna s'era vestito di una certa asprezza, forse volontaria, forse no: a Felicino comunque era sfuggito. Quel parlar di nozze l'aveva spinto verso un altro pensiero e solo dopo un prolungato istante rispose: – Certo.

L'aveva sentita, come no. Ma aveva sentito pure una voce che gli consigliava di parlare subito, rivelare l'esistenza del fratello, era il momento buono, che cosa aspettava?

– Però...

Gli scappò senza che se ne rendesse conto, quasi una conclusione del ragionamento che aveva fatto con quella voce interiore alla quale lui s'era opposto con titubanza.

Un'uscita che a Luigina non piacque per niente e che ne acuí l'asprezza della quale, adesso, il Piedivico si rese pienamente conto.

– Però cosa? – chiese lei.

Non era disposta a sopportare incertezze dopo tutto il tempo passato a coltivarsi per bene quell'uomo. L'aveva tirato fuori dal bozzolo grigio dentro il quale aveva sempre vissuto, in un certo senso si poteva dire che gli aveva insegnato a vivere, ciò che aveva imparato del mondo lo doveva a lei. E i frutti di tanto insegnamento era lei che avrebbe dovuto goderli. Che si guardasse bene quindi dal mettere ostacoli sulla strada che avevano davanti.

– Allora? – insisté.

Qualcosa il Piedivico a quel punto doveva dire anche se, forse per la prima volta da che si conoscevano, avrebbe preferito essere nel suo anonimo quartierino oppure avrebbe volentieri fatto il cambio con il cameriere che, un gomito appoggiato al bancone, stava sbadigliando alla piazza deserta.

– Devo farti una sorpresa, – disse.

– Una sorpresa?

– Esattamente, – confermò lui.

Anzi, precisò, si doveva preparare a una sorpresa.

– E che razza di sorpresa sarebbe? – domandò Luigina senza modificare troppo il tono che aveva assunto da qualche minuto.

Felicino sorrise appena: banale osservare che se l'avesse rivelato non ci sarebbe piú stata sorpresa.

– Una gita, – disse.

Una gita la cui meta era la sorpresa.

Luigina diede a vedere di essere poco convinta. Stante la vita che il Piedivico aveva condotto fino a un po' di tempo prima, casa e bottega in fin dei conti, non c'era da sperare in chissà quale grande idea. Meglio scoprirlo subito e nel caso dissuaderlo.

– Non siamo in tribunale qui, – disse.

I colpi di scena non servivano quando due parlavano di nozze, se li tenesse in tasca per sbaragliare gli avversari. Pensava forse che avessero ancora l'età per giocare a nascondino?

– Dove mi vuoi portare? – insisté.

Felicino gettò un'altra occhiata verso il cameriere. Non sbadigliava piú, ma il gomito era sempre poggiato sul bancone e ora aveva gli occhi chiusi. A maggior ragione, fosse stato possibile, avrebbe fatto cambio con lui.

– Abbi pazienza, te lo chiedo per favore, – disse.

Fu Luigina a sbadigliare adesso, rispondendo qualcosa che le uscí di bocca deformato e quasi incomprensibile.

Accettava, d'accordo, avrebbe aspettato, però aveva sonno ed era stufa di parlare di niente, meglio andare a dormire.

– Domenica vedrai, – disse Felicino.

– Sí, va bene, – rispose Luigina già in piedi.

Nel momento in cui anche lui si alzò dalla sedia non gli sfuggí la mossa rapida del cameriere che avanzò verso il loro tavolo per ritirare le due tazzine.

– Buonasera, – salutò lui.

– Sí, buonanotte, – fu la risposta.

– Alle sette?

Ma se da quando era al mondo non s'era mai alzata a quell'ora del mattino! Tutt'al piú in qualche occasione, una festa di laurea, un compleanno, la notte dell'ultimo dell'anno, era andata a letto alle sette. Ma alzarsi, mai. E non riusciva a capire perché dovesse farlo di domenica, dove diavolo dovessero andare per svegliarsi cosí presto.

– A Capo Nord magari?

Fu piú o meno in questi termini che reagí Luigina quando il Piedivico le disse a che ora l'avrebbe attesa sotto casa l'indomani.

Dalla sera del caffè sotto il Torrazzo, Felicino aveva pensato a lungo alla gita proposta. Anticipare qualcosa, obbedendo alla richiesta di Luigina, gli era sembrato da subito controproducente. Di piú, svilente ai fini della sorpresa: rivelando la meta, la cascina dell'Ottaviano, avrebbe ridotto la gita a una semplice marcia di avvicinamento, bruciando i tempi del viaggio. Lo stesso viaggio invece doveva essere una scoperta dei luoghi, addentrandosi in essi con lentezza per sentirli. Come avrebbe potuto spiegare una simile intenzione? A suo avviso non c'erano parole. O meglio, c'erano, precise, esaustive se però venivano usate nel momento stesso in cui quei luoghi apparivano sotto gli occhi, offrendo i colori, i silenzi, le emozioni di un parlare antico come il mondo e che riportava l'essere umano a una semplicità d'animo che altro non era se non saggezza. Non avrebbe mai potuto, davanti a una tazzina di caffè vuota e con sotto gli occhi un cameriere mezzo addormentato, affrontare un simile discorso, spiegare ciò che si proponeva. Né la disposizione d'animo di Luigina, il suo tono impermalito gli avrebbero consentito di essere efficace. E una gita del genere, che voleva l'animo pronto a ogni minima sollecitazione, non poteva che avviarsi alle prime ore del mattino. Aspettandosi comunque una reazione non proprio entusiasta da parte sua, aveva atteso il tardo pomeriggio di sabato per comunicare l'ora della partenza, e alla malcelata ironia di lei quando aveva citato Capo Nord il Piedivico aveva risposto con serietà: – No, molto piú lontano, – intendendo che sarebbe stato un viaggio alla scoperta del suo passato, delle sue radici, dell'origine insomma di tutto ciò che per lui significava affetto, nostalgia, rimpianto.

Alle sette il viso di Luigina era quello di un bambolotto. Sulla porta di casa si guardò intorno come se volesse rendersi conto di come era fatto il mondo a quell'ora. La giornata era limpida, l'aria ancora fresca sebbene fosse prevedibile che di lí a qualche ora si sarebbe riscaldata, d'altronde maggio s'era avviato portando con sé temperature insolite. Campane lontane stavano rispondendo in lieve ritardo a quelle della città. Felicino, dopo averla salutata, fece notare i rintocchi a Luigina, che peraltro non ci trovò niente di particolare.

Erano campane. E allora?

– Niente, – tagliò corto lui.

Gli mancavano le parole per spiegare che quel suono era parte della gita, della magia che si sarebbe rivelata lentamente. Un suono che richiamava la maestà del tempo dentro il quale ogni cosa passa e invitava ad ascoltare tenendo gli occhi chiusi, come Felicino aveva fatto spesso fin dai tempi del collegio e pure adesso quando era sicuro che nessuno lo notasse.

– Sarà meglio andare, – fece Luigina riscuotendolo dal pensiero e riflettendo che prima fossero partiti prima sarebbero riusciti a tornare. Una volta in macchina chiese: – Da che parte?

– Usciamo dalla città, – rispose lui. – Poi ti dirò.

– Il mistero continua, – commentò lei avviandosi.

Quando ormai erano in viaggio da una mezz'ora Luigina aveva compreso che la meta della gita fosse in campagna. Quale il luogo, però, le era ancora del tutto oscuro, a parte un'idea che le era venuta da chissà dove e che definire quantomeno stravagante era poco, e cioè che Felicino le volesse mostrare una chiesuola dove aveva immaginato che si potessero sposare. In quel caso lo avrebbe dissuaso all'istante, a costo di litigare, sfogando l'insofferenza per la levataccia che ancora non aveva pienamente digerito. Fino a quel momento, a parte le scarne indicazioni sul percorso da seguire, tra di loro erano corse ben poche parole. Ma nell'istante in cui Luigina aveva ricevuto istruzioni per svoltare a destra e imboccare una strada sterrata, la lingua del Piedivico s'era sbloccata.

– Stiamo andando da mia madre, – disse guardando fisso davanti a sé. E dall'uomo che l'aveva attesa a lungo, sostenuto da un amore di straordinaria fedeltà, e con il quale aveva messo al mondo un altro figlio.

– Mio fratello Silvestro, – chiarí Felicino.

Luigina frenò di colpo e si fermò senza spegnere il motore. Non girò il volto verso di lui. Gli occhi puntati su un orizzonte a suo giudizio privo di ogni attrattiva, stette in silenzio per un po'. Pure il Piedivico rimase zitto, ma sollevato dall'aver infine svelato ciò che da troppo tempo si portava dentro per il timore che venisse male interpretato o che addirittura gli toccasse difendere come se davvero nella sua famiglia ci fosse qualcosa di male, di storto.

– Cosí tu avresti un fratellastro che sta in campagna con tua madre e il tuo patrigno, – disse infine Luigina rompendo il silenzio.

– In che senso fratellastro? – scappò a Felicino.

Luigina scrollò il capo e riprese la marcia.

Come si poteva chiamare un figlio di secondo letto se non fratellastro?

E meno male che lui era un avvocato, certe cose avrebbe dovuto saperle!

Tacquero fino a quando la cascina dell'Ottaviano non si palesò allo sguardo di entrambi.

17.

L'Ottaviano era in casa. Fu lui a cogliere l'insolito rumore di macchina proveniente dall'esterno e correre poi alla porta per rendersi conto che colui che scendeva da destra era il Felicino. E poco dopo, dal lato dell'autista, una donna mai vista.

– Ma, dico... – mormorò tra sé.

Il Piedivico era ancora fermo a lato dell'auto, aspettava che Luigina lo raggiungesse. Lei invece si stava guardando in giro. Individuò l'uomo fermo all'ingresso dell'abitazione e immaginò che fosse il patrigno del suo fidanzato che, come le era stato da poco rivelato e con una certa incomprensibile enfasi, aveva dato prova di una straordinaria fedeltà all'amore per sua madre. Sospirò. D'accordo, sí, visto che c'era avrebbe fatto conoscenza con lui, con la madre, col fratellastro, prima o poi sarebbe dovuto succedere. Fu lei infine a muovere i primi passi, affiancandosi al fidanzato.

– Andiamo, – disse avvicinandosi all'Ottaviano, che terminò la frase lasciata a metà.

– Ma, dico io, non potevi avvisarmi?

L'avesse fatto almeno con me, fu il pensiero di Luigina.

– Volevo farvi una sorpresa, – rispose Felicino.

– E ci sei riuscito, – ribatté l'Ottaviano guardando la donna che aveva accanto. – Doppia magari? – insinuò subito dopo.

Luigina sbuffò.

Cos'erano quei giochetti? Se volevano parlare tra loro, lei poteva tornare a sedersi in macchina.

L'Ottaviano notò il suo gesto d'insofferenza.

– Ci scusi, – disse.

Ma mica se l'aspettava che il Felicino arrivasse cosí, tutto d'un botto e in piú accompagnato da... ecco...

– Va be', entrate, dài, che intanto chiamo mia moglie, – tagliò corto.

Anche Lidovina aveva sentito il sopraggiungere dell'auto mentre era al piano superiore. S'era avvicinata alla finestra, aveva guardato ed era rimasta lí. La vista della donna che era in compagnia del figlio l'aveva trattenuta. Era stata l'immagine di lei, la sua presenza, ciò che significava. Cosí aveva voluto fissare lo sguardo sul figlio, imprimerselo bene nella memoria come mai piú sarebbe stato, e aveva chiuso gli occhi nel momento in cui Luigina gli si era affiancata, mettendo un punto e a capo alla storia com'era stata fino ad allora per avviarne una nuova. Solo dopo, rispondendo al richiamo del marito, si decise a scendere per salutare, dedicandosi dapprima alla fidanzata del figlio.

Luigina era soprattutto curiosa di vedere il fratellastro. La sua uscita un po' brusca quando in macchina Felice le aveva parlato della famiglia l'aveva zittito impedendogli di raccontare qualcosa di piú su quel Silvestro. E le parve strano che, esaurite le presentazioni e iniziate le chiacchiere, che consistevano perlopiú nelle domande di Lidovina e nelle risposte del figlio, con l'Ottaviano che si inseriva giusto con brevi commenti e le lanciava di tanto in tanto delle occhiate fugaci, a questo Silvestro nessuno facesse cenno, né Felice chiedesse conto. Fu quindi lei l'unica a essere veramente sorpresa quando, passata una mezz'ora, Silvestro entrò in casa.

– Ma guarda, guarda, guarda, – la voce era quella di un uomo fatto e finito.

Irruppe portando con sé un franco odore di stalla, e Felice, che gli dava le spalle, disse sorridendo: – Chi è?

Poi si alzò di scatto e volò tra le braccia del fratello mentre Luigina pensava che quell'odore gli sarebbe rimasto appiccicato. L'Ottaviano e la moglie sembrarono ipnotizzati a quella vista. Luigina cominciava invece a sentirsi trascurata. E anche a credere di aver fatto male a non imporsi sul fidanzato, obbligandolo a rivelarle lo scopo della gita; quantomeno avrebbe avuto modo di porre delle condizioni, segnatamente di evitare teatrini di sorta come quello che si stava animando sotto i suoi occhi. Dovevano ripartire quanto prima, l'idea di passare l'intera giornata in quella casa, dato che fuori c'era ben poco da vedere, le risultava piú che indigesta. Tuttavia il progetto parve vanificarsi all'istante.

Silvestro era grande e grosso, un vero figlio della terra, difficile immaginarlo uscito dalla stessa madre del Felice. E diretto, spigliato, certo non abituato a frequentare persone al di fuori di una stretta cerchia di conoscenti. Sciolto l'abbraccio, era rimasto in piedi ad ascoltare il resoconto di quella visita che l'Ottaviano stava facendo a suo beneficio. E quando il padre osservò che era da troppo che Felice mancava dalla cascina, Silvestro si accodò.

– Troppo tempo davvero, – concordò.

Negli ultimi mesi in cui lui era stato in città a occuparsi delle sue scartoffie, oltre che a trovarsi finalmente una fidanzata, Silvestro aveva apportato un sacco di migliorie alla cascina, tanto nella stalla per il benessere degli animali quanto nei campi, dove con un nuovo sistema di irrigazione si sarebbe potuto ovviare a eventuali periodi di siccità. E non era finita lí, perché aveva in mente altri progetti.

– Vuoi vedere? – chiese al fratello.

– Sono venuto quasi apposta, – disse l'altro senza rendersi conto che la sua risposta suonò infelice alle orecchie di Luigina.

Nemmeno Silvestro se ne accorse. Anzi, si rivolse alla donna: – Naturalmente, se desidera...

– Grazie, no, – rispose lei di getto sotto lo sguardo attento di Lidovina, che si sentiva un poco inquieta avendo raccolto piccoli indizi sul carattere di Luigina: permalosa senza dubbio... quel suo starsene seduta in pizzo... di poche parole ma non certo perché timida, piuttosto... una principessina che forse si sentiva degradata in quel momento, non considerata per ciò che era, privata degli omaggi cui era abituata...

Per un istante Lidovina pensò a come sarebbe stato quell'incontro se anziché lí in cascina fosse avvenuto nella casa di Manerbio, con il suo primo marito, che chissà quale aspetto avrebbe avuto a distanza di tanti anni. E con la Versalia magari, che avrebbe servito con tutta la grazia possibile il caffè, pur esitando dato il sussiego dell'ospite. La fantasia le offrí una parentesi dove rifugiarsi dal presente, invero poco piacevole: rivide la Versalia com'era allora e non come adesso, ingrigita e un po' appesantita nel fisico ma, nonostante gli anni, sempre dedita alla religione del lavoro che da tempo ormai esercitava in veste di cuoca presso l'asilo di Manerbio.

«Come se fossero tutti figli miei», le aveva detto una volta, per nulla pentita di non essersi sposata e di non averne di propri. Era successo proprio lí in cucina, dove adesso sedeva quell'altezzosa gallina, nonostante lei si fosse opposta, l'amica insisteva a voler servire il caffè.

«Come ai vecchi tempi», aveva detto.

A quel punto Lidovina si riscosse: il caffè! Con il trambusto che s'era creato dall'arrivo improvviso del figlio si era dimenticata anche di quella scontata cortesia.

– Andate voi uomini, – disse allora invitando i tre a fare un giro nella proprietà.

Loro due sarebbero rimaste lí a chiacchierare tra loro, cosí si sarebbero conosciute meglio.

– Vero?

La risposta di Luigina fu enigmatica, un breve scuotere del capo che alla Lidovina fece prevedere quanto sarebbe stato difficile graffiare la vernice sotto la quale la fidanzata di suo figlio s'era riparata. Previsione che puntualmente si avverò quando da poco gli uomini erano usciti. Lidovina incassò tre rifiuti: niente caffè, nemmeno un bicchiere di sciroppo di mele né qualcosa da mangiare. La conversazione faticò a decollare, frenata dai monosillabi e dalle mezze frasi con cui Luigina rispose alle domande della padrona di casa. Cosa facesse di bello nella vita, come aveva incontrato suo figlio, se già conosceva quei luoghi, che intenzioni avevano per il futuro.

Oh, be', disse tra sé a un certo punto Lidovina, decisamente scocciata. Di cortesia ne aveva usata fin troppa, e di pazienza pure. Se ciò che voleva quella che le stava di fronte era restare da sola a cercare il pisello sotto il materasso l'avrebbe accontentata.

– Mi scusa se la lascio sola per un po'? – chiese.

Lí in campagna c'era sempre qualcosa da fare, ognuno aveva i suoi compiti e...

– Faccia pure, – interloquí Luigina, sollevata all'idea di essere lasciata in pace cosí da poter pensare con comodo a come dare un taglio e riprendere la via della città. La faccenda però si prospettò piú problematica di quanto avesse creduto. Lidovina era sparita chissà dove, a occuparsi di galline o conigli, aveva fantasticato Luigina, e non senza una certa piega ironica se l'era immaginata in certe rappresentazioni bucoliche che riteneva piú adatte ai film muti che non alla realtà quotidiana. Aveva pensato che con un semplice «Bene», pronunciato con decisione, Felice avrebbe inteso che per quanto la riguardava la visita potesse dirsi conclusa. Ma quando dopo una mezz'ora avvertí l'animato chiacchierare degli uomini di ritorno si preparò ad affrontare qualche difficoltà. E proprio grazie al fidanzato che, entrato in casa, senza nemmeno rendersi conto che era lí da sola e con un'aria spaesata ad arte, esplose in un «Vedessi!» con il quale volle comunicarle l'entusiasmo per tutto ciò che l'Ottaviano e il Silvestro gli avevano mostrato. Non fosse bastato quello, i tre si sedettero al tavolo e continuarono a parlare delle ulteriori migliorie da apportare alla cascina, cosí da poterla trasformare in un allevamento coi fiocchi, degno di fare concorrenza ai migliori del territorio, in grado di ampliare i margini del proprio mercato. Felicino a un certo punto disse che se da una parte madre natura l'aveva penalizzato fornendogli un fisico che non era esattamente quello di uno che avrebbe potuto lavorare la terra, dall'altra gli aveva però dato la possibilità di essere d'aiuto in qualche modo.

– Con le banche per esempio, – buttò lí.

Tramite i contatti che aveva stabilito nel corso degli anni e che grazie alla serietà del suo lavoro erano diventati amici, ottimi consiglieri di cui aveva sempre approfittato a beneficio d'altri. Mentre adesso...

– Sarebbe magnifico, – interloquí il Silvestro.

Poter contare su un sostegno economico gli avrebbe permesso di rinnovare il capannone, aumentarne la capienza, dotarlo dei mezzi piú moderni per la salute degli animali e di conseguenza incrementare la produzione di latte. E rinnovare il parco macchine, sfruttare meglio i terreni e magari...

– Magari, – concluse, – avere qualche paio di braccia in piú, lavoratori a giornata o fissi....

– Capisco, – lo interruppe Felicino ridendo, – vuoi diventare un imprenditore.

Silvestro invece non rise.

– Se è cosí che si dice, sí, – rispose.

Non gli importava tanto il nome con cui definirsi. Quello che desiderava era rendere migliore il mondo dov'era nato e cresciuto anche per coloro che sarebbero venuti dopo di lui.

– Ho capito, – affermò Felicino, – mi toccherà aiutarti.

– A cosa serve un fratello se no? – si inserí l'Ottaviano che fino a quel momento era rimasto zitto.

Fratellastro, risuonò nella testa di Luigina, mentre Felicino diceva che stando cosí le cose dal giorno seguente avrebbe cominciato a guardarsi in giro, a chiedere per capire a quale istituto sarebbe stato meglio rivolgersi dopodiché, quando si fosse fatto un quadro chiaro, sarebbe tornato per discuterne.

– Be', – commentò il Silvestro, – non sarebbe una cattiva idea se ti facessi vedere piú spesso in ogni caso.

– Promesso, – rispose Felicino, inconsapevole che la pazienza della fidanzata si fosse esaurita ormai da un po'.

Già.

Luigina s'era ricacciata in gola il «Bene!» che aveva messo in conto per chiudere la visita quando Felicino l'aveva zittita col suo entusiasmo. Poi s'era sorbita quelle insulse chiacchiere notando come si animava il suo fidanzato, sempre cosí composto, quasi timido quando era con lei. Non aveva potuto fare altro che ascoltare, tenendosi in disparte. Oppure messa in disparte da quel consesso di uomini che avevano parlato come se lei non esistesse, non contasse, non fosse lí? Va bene, pensassero ciò che volevano, del padre e del fratellastro le interessava meno di niente. Ma il Piedivico – lo appellò col cognome mentre ragionava – non doveva assolutamente credere che lei fosse come una qualunque Lidovina, arresa al ruolo di casalinga che si occupava di galline, conigli e fornelli. Era cosa da mettere in chiaro quanto prima: in quella casa c'era il passato di ciò che suo marito avrebbe potuto diventare, il futuro era altrove. E colse al volo l'occasione quando l'Ottaviano, facendo notare che non mancava molto all'ora di pranzo, rimproverò di nuovo Felicino per non averli avvisati.

– Avremmo preparato qualcosa degno dell'evento, invece cosí ci dobbiamo accontentare.

Felice era pronto a parlare, ma Luigina lo anticipò.

– Peccato davvero, – rispose, – i miei ci aspettano.

Felicino nulla sapeva e si limitò ad abbozzare, intuendo che quell'uscita aveva ben altro significato.

– Giuro che la prossima volta vi avviserò, – disse.

Lidovina rientrò in quel momento.

– Ve ne andate di già? – disse, per nulla meravigliata però.

– Sa com'è... – fece Luigina.

– Sí, – rispose lei. Poi uscí fuori con il marito e il figlio per salutare ancora, guardare la macchina che riprendeva la via della città.

Quando ormai la cascina era lontana fu Luigina a rompere il silenzio, chiarezza per chiarezza: era o no la domenica delle sorprese?

– La campagna non fa per me, – disse.

Lui era libero di frequentarla se avesse avuto bisogno di respirarne l'aria purché non pretendesse di averla con sé.

– Se siamo d'accordo su questo punto, eviteremo discussioni inutili in futuro, – affermò.

Felicino in macchina era tornato quello di sempre, lo sguardo fisso in avanti, il pensiero rivolto al futuro citato da Luigina il cui primo traguardo sarebbe stato il matrimonio.

– Sí, – disse infine, senza rendersi conto che aveva usato lo stesso tono di sua madre.

Rientrati in città pranzarono assieme in una trattoria.

18.

Era una sera di dicembre, Felice Piedivico era sposato da ormai tre anni. Uscito dall'ufficio si incamminò verso l'elegante appartamento di via Solferino dove era andato ad abitare con Luigina, in affitto, cosa che ora, al contrario dei tempi dell'università, gli procurava un'ineffabile sensazione di precarietà. D'altronde c'era stato poco da fare, quello e non altri aveva voluto sua moglie per l'eleganza della via, e il proprietario dello stabile, certo Amedeo Sedanelli dell'omonimo salumificio, aveva chiarito di non avere alcuna intenzione di vendere. Cosí gran parte dei soldi che la moglie aveva ottenuto grazie ai lasciti del padre erano finiti nell'acquisto di una casa al mare, una villettina poco oltre Imperia, dove loro, o perlomeno lei, avrebbero potuto trascorrere l'estate, lontano dall'afa della piana, e cambiare aria ogniqualvolta ne avessero sentito la necessità. Il Piedivico aveva tentato di opporsi a quella spesa, qualora il Sedanelli avesse deciso di vendere loro dovevano essere pronti. Ma Luigina, senza nemmeno usare troppo tatto, gli aveva fatto intendere che quelli erano soldi suoi.

«Quando il salumaio deciderà ci penseremo», aveva affermato, sottolineando il termine con cui aveva definito l'imprenditore.

Inoltre una casetta al mare era per lei una priorità alla quale non voleva rinunciare. Cosí era stato, nonostante in quei tre anni trascorsi lui ci fosse andato ben poco rispetto alla moglie, e quel tanto per rendersi conto di quanti soldi s'era mangiata per essere ristrutturata secondo la volontà di Luigina e quanti se ne sarebbe mangiati nel tempo a venire per la manutenzione, compresa quella del giardino di non piccole dimensioni che le stava intorno. Il pensiero della villetta al mare lo accompagnava spesso quando faceva ritorno verso casa e di recente se n'era aggiunto un altro: l'ipotesi, secondo un nuovo desiderio della moglie, di acquistare un appartamentino in qualche località di montagna. E i soldi?, era la sua obiezione. I soldi?, ribatteva Luigina. I buoni rapporti che lui aveva con le banche, quei buoni rapporti che avevano permesso al Silvestro di finanziare i lavori nella sua cascina, erano spariti? Li aveva mangiati il lupo cattivo? La questione era in ballo, ma Felicino tra sé sapeva che avrebbe finito col cedere.

Quella sera tuttavia la casa al mare e l'altra che prima o poi la moglie sarebbe riuscita a ottenere erano lontane dai suoi pensieri grazie all'atmosfera di festa che si respirava in città e alla previsione di ciò che avrebbe celebrato la domenica a venire, Natale. Vero era che al 25 dicembre mancavano ancora un paio di settimane ma, da che s'era sposato, il giorno di Natale per lui cadeva la domenica in cui, con la moglie al seguito, si trasferiva in campagna per passare l'intera giornata in compagnia di sua madre, dell'Ottaviano e di suo fratello Silvestro. Il problema del Natale, dove trascorrerlo, con chi, s'era posto quasi subito dopo le nozze, al ritorno dalla luna di miele. Luigina aveva lungamente descritto le cene della vigilia consumate in famiglia, con relativo scambio di doni, e il pranzo del giorno seguente, al quale prendevano parte parenti che giungevano da Mantova e Pavia. Tra le righe Felicino aveva letto con chiarezza il messaggio della moglie mentre nella mente gli scorrevano le immagini dei suoi Natali in famiglia: alle luci di casa Gambetta, allo sfarzo, alla tavola riccamente imbandita, ai regali, ai fiocchi, ai pacchi e a tutto ciò che supponeva fosse cornice di quell'ambiente aveva contrapposto l'intimità di casa dell'Ottaviano, loro quattro e nessun altro, le chiacchiere, un'atmosfera che fin dai tempi del collegio gli pareva piú acconcia al clima della festa. Lí in mezzo, tra loro, la moglie non ce la vedeva proprio. Ed era stato altresí sicuro che se gliel'avesse proposto avrebbe dato fuoco alla miccia, avviando il primo litigio del loro matrimonio. Come sempre aveva fatto nella vita e nel lavoro, accogliendo il destino, cercando di ridurre al minimo le ammaccature e mediando tra forze opposte, aveva accettato il Natale in casa Gambetta in cambio di un altro Natale, festeggiato in anticipo, a casa dell'Ottaviano e di sua madre. A Luigina era sembrato un prezzo ragionevole pur di mantenere la tradizione di famiglia, un sacrificio sopportabile, benché alla fine di quelle domeniche tornasse in città con la precisa oltre che irritante sensazione che una buona parte dell'affetto, dell'amore o come diavolo si chiamasse quella cosa che faceva brillare gli occhi al marito restasse lí. E ancora di piú la infastidiva il fatto che Felice non dava segno della malinconia che provava al momento dei saluti, non ne parlava e anzi rientrava subito nel ruolo di marito compiacente e di impeccabile professionista, come se quello fosse un segreto di cui lui era l'unico custode. La stizza durava qualche giorno nell'animo della donna, poi svaniva col passare delle settimane, ma come l'araba fenice rinasceva quando un nuovo Natale si avvicinava e con esso l'appuntamento con i parenti di campagna, come dentro di sé li chiamava.

Mancavano tre giorni a quella domenica. Felice era a poche centinaia di metri da casa quando, appena oltrepassato il caffè *Stradivari*, mise il piede su una lastra di ghiaccio e in un istante fu in terra. Il tonfo richiamò alcuni degli avventori che erano dentro il locale. Il Piedivico aveva sul viso una smorfia di dolore giustificata, come poco dopo gli venne detto in ospedale, dalla frattura composta del perone destro e da una sublussazione dell'osso sacro. Prima ancora di effettuare le lastre, Felice chiese a un infermiere di avvisare telefonicamente la moglie. Fu lei a riportarlo a casa dopo che l'ebbero ingessato, verso la mezzanotte, con l'indicazione di osservare un riposo assoluto di almeno trenta giorni. In quelle condizioni non si poteva certo andare in campagna.

Appunto.

– Come facciamo coi miei? – domandò lui entrato in casa, ma come se parlasse con sé stesso.

– E come vuoi fare? L'hai sentito il dottore, – osservò Luigina.

L'aveva sentito eccome.

– Potremmo farli venire qui, – propose lui.

– Qui? – scappò a Luigina.

Mancavano solo due giorni, c'era poco tempo per preparare per bene, insomma, doveva capire...

– Non c'è bisogno di fare grandi cose, – osservò Felice.

I suoi non avevano chissà quali pretese, in fondo li conosceva, no?

– Certo, – si costrinse a rispondere Luigina.

Li conosceva.

O pensava di conoscerli.

La notte precedente la domenica, Luigina sognò galline che giravano per casa e conigli nascosti sotto i mobili. Nonostante avesse ben chiaro che era solo un'esagerazione in vista di quella che considerava un'invasione del suo spazio domestico, quando i tre si presentarono alla porta di casa non poté fare a meno di controllare che non avessero niente di ciò che aveva sognato, rendendosi però conto che anziché tre erano in quattro.

– Cosí in quanto a sorprese siamo pari, – osservò ridendo l'Ottaviano e presentando ai padroni di casa la fidanzata di Silvestro. Si chiamava Angela. Era una giovane poco piú che ventenne, di una bellezza fresca che non aveva bisogno di trucco per essere esaltata. Tra l'altro dimostrò subito una inusuale spigliatezza, per lo meno secondo Luigina, pur trovandosi in un ambiente che non conosceva, come se avesse già una solida esperienza del mondo a dispetto della giovane età.

Impacciato nei movimenti dal gesso e dai dolori che persistevano, Felicino li ricevette seduto in poltrona e in quella condizione passò quasi tutta la giornata, concedendo dapprima a sua madre il diritto di interrogarlo sulla dinamica dell'incidente. Felice dovette ripetere l'accaduto tre volte e per tre volte, al momento della caduta, Lidovina si portò una mano alla bocca mormorando: – Oh poveretto! – Poi l'avvocato Piedivico divenne proprietà pressoché esclusiva del fratello poiché doveva essere informato dell'ennesimo progetto che Silvestro aveva per le mani, quello di associarsi in cooperativa con altri allevatori del territorio allo scopo di aumentare le possibilità del commercio. Ascoltandolo, ma soprattutto guardandolo, e guardando l'Ottaviano che pure ascoltava il figlio stando in silenzio, Felice ebbe la misura di quanto i tempi anche in campagna stavano cambiando e chi ci stava doveva agire pensando in grande, proprio come suo fratello.

Mentre il conciliabolo tra i tre uomini proseguiva, Angela s'era messa a disposizione della padrona di casa per dare una mano a preparare il pranzo e nonostante il mutismo di Luigina, che mal sopportava di averla intorno a muoversi come se fosse a casa sua, tenne viva quasi da sé la conversazione. Certo, la vita in campagna non era delle piú tranquille e ancora meno con uno come il Silvestro che sembrava sognare le cose di notte per poi realizzarle il giorno dopo. Come quella faccenda lí della cooperativa, che gli ballava in testa da un po'.

– Se l'è sognata? L'ha letta da qualche parte? – disse Angela quasi recitando.

Non lo sapeva. Sapeva però che fino a che non l'avesse realizzata convincendo altri allevatori a aderire non ci avrebbe piú dormito.

– E poi ci potremo finalmente sposare, – aggiunse.

Il Silvestro era fatto cosí, non gli bastavano i sogni, doveva farli diventare realtà, possederli.

– Immagino che la vita qui in città sia un'altra cosa, – continuò Angela, – forse un po' piú tranquilla...

– In un certo senso, – mormorò Luigina.

– Voglio dire, tuo marito... – proseguí Angela fermandosi subito.

Le aveva dato del tu, poteva?

– Come no, – permise, poco convinta, Luigina.

Ecco, suo marito, l'avvocato di cui aveva tanto sentito parlare dalla Lidovina, dal Silvestro, dall'Ottaviano, da tutti insomma e quasi ogni giorno, aveva raggiunto da anni una situazione stabile. Le avevano detto dello studio in cui lavorava e nel quale era diventato ormai il socio principale, sapeva dell'affetto che lo legava a loro, delle visite che spesso faceva e anche delle consulenze che dava, permettendo al suo fidanzato di realizzare i suoi progetti.

– Silvestro, nel suo campo, vuole fare esattamente come il fratello, – disse Angela.

Fratellastro, risuonò nella mente di Luigina.

– Cioè? – chiese poi.

– Essere padrone del suo, sapere che ciò su cui posa i piedi non è di nessun altro, che non deve rendere conto se non a sé stesso, – concluse Angela.

– Certo, – rispose Luigina distogliendo lo sguardo dalla giovane.

L'acqua per la pasta stava bollendo, la faraona acquistata in una rosticceria andava solo scaldata.

– È il momento di mettersi a tavola, – disse poi.

A sera, quando furono rimasti soli, il Piedivico si complimentò con la moglie per il pranzo che aveva imbandito, per la cortesia che, pur forzandosi, aveva dedicato agli ospiti.

– Credi che debba rompermi qualche altro osso per farli tornare? – chiese sorridendo.

Luigina non corrispose il sorriso.

– Credo che sia ora di acquistare questo appartamento, – rispose.

Ma quell'ora era di là da venire. Nel senso che il proprietario dell'intero stabile – il salumaio, come Luigina si ostinava a chiamarlo – non aveva alcuna intenzione di vendere. Il Piedivico non aveva perso tempo dopo le parole della moglie, nel giro di un paio di giorni aveva chiesto un appuntamento al Sedanelli. Non ci aveva mai parlato a lungo: era un uomo di una certa età, a occhio e croce settant'anni, ma dall'aspetto estremamente giovanile grazie alla pratica del tennis e del canottaggio, e all'uso della bicicletta in alternativa alla macchina per fare avanti e indietro dalla ditta. Se Luigina l'avesse visto, forse avrebbe smesso di definirlo salumaio e di chiamare salumeria la sua azienda che produceva mortadelle, coppe, salami e quant'altro rifornendo mezza Italia.

– Mi fa cosí vecchio da essere pronto a vendere tutto per ritirarmi da qualche parte e andarmene in giro con un bastone e un cagnolino al guinzaglio? – aveva risposto alla domanda del Piedivico.

Lí per lí Felice era rimasto senza parole.

– Non se la prenda, stavo solo scherzando, – aveva rimediato il Sedanelli.

Poi aveva spiegato di avere un solo figlio, ingegnere, impiegato in una società che si occupava di petrolio e che lo mandava in giro per il mondo.

– Quando si stancherà di quella vita e deciderà di tornare al nido per me sarà tempo di passare la mano e vedrà lui cosa fare anche del condominio. In quel caso, se volesse vendere, ad avere una prelazione sarete voi condomini. Fino ad allora però...

La Luigina riprese pari pari la frase con cui il Sedanelli aveva concluso la sua risposta, dandole un'intonazione interrogativa.

– Fino ad allora però?

Ovvero, fino ad allora cosa avrebbero fatto loro? Avrebbero atteso con pazienza che il figlio di quello si stufasse di cavare petrolio dalla terra? E se poi una volta stufo di mangiare pane e sabbia fosse tornato a casa senza alcuna intenzione di vendere? Dovevano stare in affitto tutta la vita?

Felice non poté trattenere una piú che logica obiezione: se fino a poco prima non aveva avuto alcuna fretta di acquistare, cosa peraltro impossibile stante la posizione del Sedanelli, cosa le aveva preso adesso?

– Se vuoi possiamo considerare l'idea di cambiare casa, cercare qualcosa d'altro che sia in vendita, – propose il Piedivico.

– Non se ne parla nemmeno, – rispose Luigina.

Lasciare un cosí bell'appartamento, un condominio cosí prestigioso, una via cosí elegante?

– Non vedo alternative allora, – osservò il marito.

– Dovresti pensarci invece, – ribatté Luigina. – Sei tanto bravo a risolvere i problemi del tuo fratellastro...

– Fratello, – interloquí il Piedivico.

– Va be', fa lo stesso, – proseguí lei.

E invece, quando si trattava dei loro...

– Ma se quello non vuole vendere non posso obbligarlo. O ce l'hai tu l'idea buona?

– Può essere, – rispose Luigina.

– E sarebbe? – chiese il Piedivico.

Ma per tutta risposta ebbe solo silenzio. Un silenzio che durò qualche mese e che si ruppe una sera di maggio. Era il giorno in cui Felice Piedivico, in qualità di consulente, avvocato ma soprattutto fratello, assisté Silvestro al momento della firma dell'atto costitutivo della Cooperativa allevatori Pendoli e soci, il suo nome in testa visto che era il piú grosso, quello dell'ideatore. Fuori dall'ufficio Silvestro volle scambiare qualche parola col fratello. Innanzitutto aveva bisogno di consigliarsi con lui su come amministrare e investire gli utili che sarebbero derivati dalla nuova attività. Le prospettive erano piú che rosee.

– Be', non mi mancano certo le conoscenze in questo campo, – assicurò Felice.

E poi, aggiunse Silvestro, voleva sapere cosa potesse fare per lui adesso, dopo tutto l'aiuto che gli aveva dato nel corso degli anni.

Il Piedivico scosse il capo.

– Niente? – chiese Silvestro.

– Non mi lamento della vita che faccio, mi posso anche dire fortunato, – rispose Felice.

Silvestro diede mostra di non capire il senso di quelle parole.

– Ho un solo rammarico, di cui però non posso incolpare nessuno, – proseguí l'altro.

O forse il destino. Ma pure in quel caso non poteva definirsi sfortunato.

– Perché ho voi, – chiarí.

La sua famiglia cioè, che gli consentiva di mantenere un equilibrio morale, per cosí dire, lo rinfrancava ogniqualvolta tornava, permettendogli di continuare ad amare la vita anche solo ascoltando il silenzio che si levava dai campi, guardando l'ondeggiare dell'erba o ascoltando i muggiti, i versi degli animali. La sua famiglia, nonostante il tempo che passava, era la nicchia dentro la quale la sua anima, come gli avevano insegnato in collegio, si confessava a sé stessa, si ripuliva e ritrovava gli elementari principî che dovevano guidarla.

– Un po' come ricordarsi che la vita altro non è che acqua, fuoco, aria e terra, terra soprattutto. Non so se mi spiego, – concluse Felice.

– Be', piú o meno, – rispose Silvestro.

Felice sorrise davanti al suo imbarazzo.

– Tuttavia mi piacerebbe per una volta essere io a fare qualcosa per te, – aggiunse il fratello.

– Magari non ve ne siete accorti, ma l'avete sempre fatto, – osservò Felice.

– Sarà, ma come sai io sono uno pratico, – ribatté Silvestro.

– A ciascuno la sua parte, – commentò Felice.

– L'hai detta giusta, – concluse Silvestro.

Si salutarono con un abbraccio, promettendo di rivedersi presto, magari quella domenica. Ma la sera stessa Luigina lo accolse con una domanda.

– Ricordi anni fa, quando mi hai proposto una gita a sorpresa?

Felice ricordava bene, ma non capiva il senso della domanda.

Subito detto.

– Tocca a me adesso, – rispose lei. – Preparati. Domenica.

19.

Il Piedivico non aveva dimenticato quella strada. La nausea per le curve. Il silenzio tra suo padre al volante e il nonno Anzibene. Il finestrino che si appannava, le montagne che, come adesso, erano comparse sullo sfondo. Ricordava lacrime, ma non avrebbe saputo dire se fossero state sue o di sua madre. Uno dei due aveva pianto nel luminoso parlatorio del sanatorio di Groppino la prima volta in cui l'avevano portato a trovarla. Come adesso, il cielo era sereno e non faceva freddo. Sembravano passati cent'anni, il sanatorio era diventato ospedale, lui era sposato, stava viaggiando lungo la via che saliva verso la val Seriana accanto a sua moglie, che non aveva voluto rivelare lo scopo di quella gita. Glielo aveva chiesto e la risposta era stata: «Vedrai». Dalle otto, quando erano partiti da casa, alle undici, ora in cui erano arrivati a Castione della Presolana, poche altre parole. E infine quella: «Eccoci». Quando Luigina fermò la macchina davanti a uno chalet il cartello «Vendesi» posto lí davanti chiarí a Felice lo scopo della gita. Con un piglio da venditore la moglie lo informò che disponeva di una piccola sauna, poi illustrò le meraviglie del panorama tanto in estate quanto in inverno, quando ci sarebbe stata la neve e si sarebbe potuto sciare. L'obiezione gli uscí dalle labbra senza che ci dovesse pensare.

– Ma se non siamo capaci.

– Impareremo, – rispose Luigina.

Lui sorrise davanti all'immagine di sé con un paio di sci ai piedi e qualche mese piú tardi fece sorridere anche suo fratello durante la celebrazione in anticipo del Natale nell'appartamento di Cremona. Non aveva dovuto rompersi un altro osso per far sí che i suoi parenti venissero in città: era stata Luigina piuttosto ad avanzare la proposta, nascondendola dietro la rievocazione del fittizio piacere che le aveva procurato la giornata l'anno prima, e cosí evitando di doversi recare lei in campagna. La novità dello chalet tenne banco durante il pranzo.

– Ci andremo subito dopo Natale, – disse Luigina.

Lo studio Stancabassi avrebbe riaperto solo al termine del periodo festivo.

– Avremo tutto il tempo per imparare a sciare, – aggiunse lei.

– Tu con un paio di sci ai piedi? – sbottò a quel punto Silvestro, ridendo francamente nonostante Angela gli desse di gomito. Ma Felice si aggregò alla risata.

– Non vedo l'ora di rompermi un altro osso, – quasi singhiozzò.

Una previsione che buttò lí per scherzo ma che gli parve piú che verosimile dopo la prima lezione che, giusto per accontentare la moglie, aveva accettato di prendere. Niente da fare, lo sci, lo sport in genere non era cosa per lui.

– Quindi? – gli chiese Luigina.

Non si mettesse in testa di tornare giú, a Cremona!

L'idea l'aveva sfiorato: tornare giú, sí, ma non in città, piuttosto dall'Ottaviano, da sua madre, da suo fratello, per ritrovare l'ineffabile senso del mondo cui aveva sempre rivolto il pensiero e dal quale il destino l'aveva allontanato ma mai, mai del tutto. L'avrebbe detto anche alla moglie se avesse avuto il sospetto che fosse in grado di capirlo.

Tuttavia era certo che se ci avesse provato avrebbero finito per discutere, forse litigare. Cosí tacque.

Luigina imparò a sciare cosí come aveva imparato a nuotare. Non capiva come suo marito potesse essere soddisfatto di una vita cosí piatta, senza diversivi, a parte quelle sue scappate in campagna che lei evitava con cura e l'annuale appuntamento poco prima di Natale. Un sacrificio, certo, ma tutt'altro che insopportabile. Non si trattava che di una mezza giornata in fin dei conti, programmata con anticipo, cosa che le dava la possibilità di prepararsi adeguatamente con santa pazienza all'esuberanza di quei soggetti, anche quando si aggiunse il primo figlio di Silvestro e Angela, sposi da un paio di anni. Aveva giusto un anno il bambino, Erio, come il nonno Anzibene – «Ma che nome è?» non s'era tenuta dal chiedere Luigina – quando il Sedanelli telefonò all'avvocato Piedivico i primi giorni di dicembre.

– Come da promessa, – disse.

Il figlio s'era trasferito definitivamente negli Stati Uniti, di rientrare in Italia non aveva nessuna intenzione, men che meno di prendere in mano la gestione della ditta. E anche lui con la moglie se ne sarebbe andato.

– Spagna, Portogallo, vedremo, – proclamò.

In ogni caso aveva dato mandato di vendere la ditta e alienava le sue proprietà. Quindi, come da promessa fatta, stava avvisando tutti gli affittuari del condominio di via Solferino che gli appartamenti erano in vendita.

– Mi faccia sapere, avvocato. Passerò il Natale con mio figlio in America. Potremmo parlarne al mio ritorno se le va bene.

– La ringrazio, – rispose Felice.

Poi, deposta la cornetta, si grattò la testa.

La notizia era senza dubbio positiva, fin da quando c'era entrato il Piedivico avrebbe voluto che quella fosse casa sua, casa loro. Adesso poteva diventarlo ma… C'era un ma, tanto banale quanto solido: i soldi. Al telefono Felice s'era ben guardato dal chiedere quanto avrebbe preteso il Sedanelli per l'appartamento, tuttavia con quel po' di esperienza che aveva accumulato nel corso degli anni immaginava che non sarebbe stato un regalo: centrale la via, signorile il palazzo, i conti erano presto fatti. E lui, loro, una cifra di tale genere non l'avevano, non potevano disporne sull'unghia.

A meno di.

Due possibilità c'erano. La prima, la piú scontata, era quella di indebitarsi con una banca e sarebbe stato come pagare comunque un affitto, cambiavano solo le tasche in cui sarebbero andati a finire i soldi. La seconda, forse non cosí rapida ma sicuramente piú logica, era quella di disfarsi di una delle due proprietà di cui erano padroni, lo chalet in montagna oppure la villetta al mare. La seconda, piú della prima, avrebbe reso maggiormente e sarebbe stata piú facile da piazzare. Per quanto lo riguardava, il Piedivico si sarebbe sbarazzato di entrambe in un colpo solo senza il minimo rimpianto, considerando che al mare ci andava tutti gli anni soltanto per una settimana ad agosto. Mentre Luigina si abbronzava, nuotava, faceva amicizie di cui gli rendeva conto quando tornava a Cremona, a volte a settembre inoltrato, lui preferiva godersi la solitudine cittadina, alternandola con frequenti scappate in campagna. Circa lo chalet a Castione, se si fosse impegnato avrebbe potuto fare il calcolo preciso dei giorni che ci aveva passato senza, a differenza della moglie, imparare a sciare. Ne aveva approfittato, quello sí, per delle belle letture che comunque non avrebbero perduto il fascino se le avesse fatte in quel di Cremona. Vendere uno dei due, meglio la villetta al mare, meglio ancora tutte e due le proprietà in blocco, sarebbe stata la soluzione ideale quindi, ma... Anche lí c'era un ma. Non erano piú i soldi, sua moglie piuttosto, della quale gli veniva facile immaginare il pensiero.

Vendere?

Mai!

Erano forse sul lastrico?

E poi, che figura avrebbero fatto di fronte ai loro conoscenti – piú di lei che di lui in verità – tanto al mare quanto in montagna?

La mania di grandezza di Luigina non avrebbe tollerato un simile vulnus, Felice ne era sicuro, ed era altrettanto certo che se avesse introdotto il discorso avrebbe reso amaro il periodo delle ormai prossime feste. Meglio attendere che passassero, poi, con tutta la discrezione del caso, affrontare la questione. Cosí il Piedivico aveva per il momento archiviato la questione, cercando di non irritare ulteriormente la moglie che da qualche sera a quella parte, al suo rientro, prima ancora di salutare gli chiedeva: – Allora?

Allora?

S'erano finalmente decisi i parenti di campagna, sua madre, l'Ottaviano, il fratellastro, l'Angela e il bebè a far sapere quando avevano intenzione di calare in città per celebrare il Natale insieme con loro? I giorni passavano, lei aveva bisogno di essere avvisata per tempo onde preparare per bene le cose, non si poteva pretendere che dalla sera alla mattina si facesse trovare pronta, non aveva la bacchetta magica! Capiva che magari potessero avere dei problemi, ma pure lei aveva i suoi. E se per qualche ragione la festicciola saltava, be', non era mica la fine del mondo per una volta, ci sarebbero stati altri Natali! Però la cortesia voleva che lo si dicesse, era il minimo!

Frase piú, frase meno, il senso di ciò che Luigina opponeva al marito quando lui, alla sua domanda, non sapeva cosa rispondere era quello. E nemmeno lui si spiegava il ritardo della telefonata con la quale, negli anni precedenti, il Silvestro aveva preso accordi, fissando la data della calata in città, come Luigina definiva la visita. Per sedare il nervosismo della moglie Felice reagiva mostrandosi calmo; «Se non hanno chiamato oggi lo faranno domani», era la battuta con la quale tentava di chiudere la faccenda. Ma un giorno dopo l'altro anche a lui era venuto il dubbio che qualcosa non andasse, insomma...

– Insomma, – esordí una bella sera Luigina, ancora qualche giorno e poi, a detta sua, non ci sarebbe stato piú tempo, considerando che, come tutti gli anni, passato Natale sarebbero partiti per la montagna.

Quindi, se non si decidevano loro, perché non prendeva lui l'iniziativa in modo da fare chiarezza?

– Se non hanno intenzione di venire, perché non dirlo?

– E perché non dovrebbero venire? – ribatté lui.

– A me lo chiedi?

Già, dovette ammettere il Piedivico, sua moglie era la meno indicata cui chiedere una cosa del genere. Toccava a lui chiamare. Se ne occupò il giorno seguente, verso sera, finito di lavorare. Dal telefono pubblico di un bar e dopo essersi concesso un aperitivo. Temeva un poco quella telefonata, avvertiva che c'era qualcosa nell'aria. E ciò che Silvestro rispose sembrò confermargli il sospetto.

– Ti avrei chiamato io questa sera stessa.

Non si diceva forse cosí quando si veniva colti di sorpresa?

Silvestro intuí il sospetto di Felice.

– Tutto bene, fratellone?

– Sí. Voi?

– Be', ecco, direi di sí.

Quel direi...

– Direi? – indagò il Piedivico.

Niente di grave. Solo, l'Ottaviano s'era beccato un colpo della strega, una sciatalgia insomma, che faticava a passare. Era fermo, bloccato a letto già da dieci giorni e non si prospettavano miglioramenti. Per quello Silvestro aveva tardato a chiamare per fissare il solito appuntamento, ma l'avrebbe fatto quella sera stessa se lui non l'avesse anticipato, ripeté, perché...

– Perché?

– Perché ho di nuovo bisogno di te, fratellone, – svelò.

– Quindi non ci vediamo come gli altri anni? – chiese Felice.

– Non credo che sarà possibile ormai, mancano dieci giorni a Natale, quello vero. Non possiamo lasciare mio padre solo... l'Ottaviano, insomma, cosí combinato. Ma io e te ci dobbiamo vedere.

– D'accordo, ma in che modo... – borbottò Felice.

– Fra sette giorni, il ventidue, sei libero?

– Perché?

– Dimmi solo se mi puoi dedicare un'oretta di pomeriggio.

– Ma cos'è tutto questo mistero? – chiese il Piedivico.

– Ecco, – rispose Silvestro, – è un mistero.

20.

C'era nebbia il tardo pomeriggio del ventidue dicembre, freddo, le campane del Duomo battevano le cinque. Silvestro era entrato nello studio Stancabassi da una mezz'ora e subito Felice aveva ripetuto la domanda sul mistero che aleggiava intorno a quell'appuntamento.

– Si può sapere?

– No, – aveva risposto ancora il fratello.

Però, aveva aggiunto, lui doveva mantenere l'impegno, dedicargli un'oretta. E siccome il tempo volava, non ne avevano da perdere in spiegazioni inutili.

– Tanto fra un po' ti sarà tutto chiaro, – aveva concluso.

Fuori dallo studio Silvestro assunse il comando delle operazioni.

– Per di là, – disse, indicando la destra.

– Dovrei essere io a guidarti qui in città, – osservò Felice.

– Non oggi, fratellone, – ribatté Silvestro.

– E perché no?

– Perché, perché... – lo canzonò Silvestro. – Perché nella nebbia ci orientiamo meglio noi laggiú, in campagna. Non credi?

Felice rifletté sulla direzione che avevano preso.

– Stiamo andando in via Condotti? – chiese.

Silvestro non rispose.

– Non è che ti sei messo in qualche guaio? – insisté Felice con la precisa intenzione di scherzare.

Via Condotti: c'erano bar, qualche condominio, ma soprattutto un edificio interamente occupato da commercialisti, studi legali, un paio di notai.

– Può essere, – rispose Silvestro, pure lui rispondendo con un tono lieve.

Ma non era cosa che poteva dirgli lí, in mezzo alla strada. Non ne aveva parlato con nessuno, nemmeno in casa, nemmeno con la loro madre.

– Mi devo preoccupare allora? – osservò Felice.

– *Shhh*, – fece il fratello.

Ancora pochi passi, poi la nebbia si sarebbe dissolta.

– Ascensore? – chiese Silvestro.

Ma si rispose da solo.

– Meglio a piedi, tutta salute.

E salendo, un piano dopo l'altro, si fermò davanti a ogni porta, leggendo con cura, con una certa ostentazione, le targhe dorate che riportavano i nomi dell'avvocato tal dei tali oppure del commercialista tal altro.

– Non è qui, – commentava ogni volta.

– Sarebbe ora che mi spiegassi cosa ci facciamo qui, – disse a un certo punto il Piedivico, quando avevano raggiunto il terzo piano. Solo allora si rese conto che suo fratello era ben vestito, da città insomma, un abito che conosceva, persino nei difetti che denotavano una foggia di altri tempi e che Luigina gli aveva elencato uno per uno a cominciare dai revers della giacca, due orecchie a sventola li aveva definiti.

Ma Silvestro proseguí e raggiunto il quarto piano, davanti alla porta del notaio Cesare Baiardo, lo avvisò che erano arrivati.

– Eccoci, – disse.

– Un notaio? – si stupí Felice.

Ed era uno stupore sincero. Non era la prima volta che i due avevano a che fare con uno studio notarile, ma nelle precedenti il Piedivico aveva sempre saputo il perché, era stato lui a trattare e guidare in porto gli affari del fratello.

– Esattamente, – confermò Silvestro.

– E adesso? – chiese Felice.

– Prego, – rispose il fratello mentre la segretaria del Baiardo apriva la porta su uno scorcio di parquet, quadri e luci dal sapore natalizio.

– Il signor notaio vi aspetta, – disse la donna facendosi da parte e invitandoli a entrare.

Il signor notaio, certo.

Non solo.

Il Sedanelli era lí.

Alla vista di quello il Piedivico fu per chiedere cosa stesse succedendo. Ma il Sedanelli non gliene diede il tempo. In un istante, da seduto che era, le gambe accavallate, lo sguardo che vagava sulle pareti dello studio, quadri e diplomi sulla parete alle spalle del notaio, librerie sulle pareti laterali, fu in piedi.

– Ben arrivato, Silvestro, – esclamò avvicinandoglisi e dandogli un paio di pacche sulle spalle, creando un siparietto che alterò la compostezza, l'equilibrio che regnava nello studio e che il Baiardo osservò con un sorrisetto.

Solo allora Felice Piedivico riuscí a parlare.

– Vi conoscete? – chiese.

Fu sempre il Sedanelli a rispondere.

– E a chi vuole che venda i propri animali la cooperativa Pendoli? – disse. – Guai a loro se si azzardano ad andare da un'altra parte solo perché la mia ditta cambia proprietario!

Felice era disorientato. Ma il Sedanelli con i suoi modi franchi, un po' sopra le righe, provvide a scuoterlo.

– Avvocato, me lo poteva dire, no?, che eravate fratelli.

Piedivico l'uno, Pendoli l'altro: come ci sarebbe potuto arrivare se lui, il Silvestro, non glielo avesse detto?

Lo sguardo di Felice passò dal Sedanelli al notaio, l'unico a suo giudizio che in quel frangente poteva spiegare ciò che stava accadendo. Ma il Baiardo, rinunciando al rispetto della forma con la quale esercitava il suo ufficio, gli rispose allargando il sorriso e stringendosi nelle spalle: assunse una postura infantile, come se stesse partecipando a un gioco. Il Piedivico pensò a una delle tante scenette che in prossimità del periodo natalizio aveva recitato ai tempi del collegio.

– E se lui, – continuò Silvestro indicando il Sedanelli e distogliendolo da quel pensiero, – non mi avesse detto che occupavi uno dei suoi appartamenti.

Lo sguardo del Piedivico si staccò allora dal notaio per posarsi sul Sedanelli il cui viso s'era chiazzato: inevitabile paragonarlo a una fetta di mortadella.

– Che ci voleva, avvocato, – disse quest'ultimo, – che ci voleva...

L'accordo era stato preso non piú tardi di una settimana prima, quando s'erano incontrati in cascina. Erano in quattro, il Sedanelli aveva portato con sé i due soci che avevano deciso di acquisire il salumificio. Era stato lui a volere cosí, far conoscere il responsabile della cooperativa, far sentire la passione che aveva per il suo lavoro.

– Fargli toccare con mano quanto fosse giusto e sensato seguire il mio consiglio, proseguire nella collaborazione.

Era stato girando per la proprietà, tra una chiacchiera e l'altra, che il Sedanelli s'era dilungato a parlare del suo futuro, di come stava predisponendo di liberarsi di ciò che possedeva, compreso il condominio di via Solferino.

A quella uscita, mentre i quattro stavano tornando verso la macchina che li avrebbe riportati in città, Silvestro s'era fermato.

«Ma che combinazione, dove abita mio fratello», era sbottato.

Il Sedanelli aveva messo in dubbio l'affermazione di Silvestro. Aveva scherzato, assicurando che dal suo salumificio non usciva né un salame né una coppa senza che lui lo sapesse. Figurarsi quindi se non aveva ben presente chi abitava nel suo condominio.

«Non c'è nessun Pendoli tra i miei affittuari», aveva osservato.

«Lo credo bene, lui fa Piedivico di cognome, abbiamo un diverso padre, ma...»

Il Sedanelli però l'aveva interrotto.

Ma guarda un po'.

«L'avvocato! – aveva esclamato allora. – Brava persona, educata, un signore...»

«Ha detto che è un suo affittuario?» aveva domandato Silvestro, con i due acquirenti che erano rimasti al margine dello scambio di battute.

«Come tutti gli altri», aveva risposto il Sedanelli.

E, come tutti gli altri, era stato avvisato di avere una prelazione sull'acquisto dell'appartamento occupato.

«Quando tornerò in Italia, dopo le feste...»

Silvestro s'era fermato.

«Con me deve fare un'eccezione», aveva detto.

«Sarebbe a dire?»

«Vendere l'appartamento di mio fratello prima di partire», aveva chiarito Silvestro.

«Ma che fretta c'è?» aveva chiesto il Sedanelli.

E poi, venderlo a chi?

A lui?

Voleva diventare padrone di casa di suo fratello?

Avevano forse litigato e pensava di vendicarsi cosí, fregandogli l'appartamento sotto il naso?

«Patti chiari», aveva sentenziato il Sedanelli.

Lui magari non aveva studiato piú di tanto, ma aveva ben chiaro che l'onestà nella vita alla fine pagava. Non si era mai prestato a giochetti di nessun genere, se quella mattina era andato lí con i due acquirenti della ditta era stato proprio per dimostrare che non raccontava balle, quindi...

«Quindi mi ascolti e poi vedrà che andremo d'accordo», l'aveva interrotto Silvestro.

Che ci voleva quindi, avvocato, a dirgli che lui e il Pendoli erano fratelli?

– Ne avessi avuta l'occasione, magari... non so... – rispose il Piedivico.

– Avrei fatto un'eccezione anche per lei, – assicurò il Sedanelli.

– Sí, ma...

Felice fu lí per dire che comunque non gli sarebbe stato possibile concludere cosí in fretta e pure dopo le feste non sarebbe stato semplice trovarsi nella condizione di acquistare l'appartamento.

– Per fortuna è andata diversamente, – disse Silvestro.

– Diversamente, – mormorò Felice.

– Certo, fratellone, – confermò Silvestro.

Perché i regali si fanno per Natale, mica si aspetta che sia passato, e lui grazie a un colpo di fortuna aveva avuto l'occasione di trovare quello giusto.

Piú chiaro di cosí!

Il notaio Baiardo a quel punto rientrò a pieno nel suo ruolo. Avvertito per tempo, aveva acconsentito volentieri alla piccola messa in scena, tacendo e lasciando che gli attori recitassero la loro parte. Anche lui aveva ricordato i teatrini che da piccolo recitava in famiglia. Adesso era ora di ritornare adulti. Tuttavia gli era rimasta addosso una certa leggerezza d'animo che offrí ai presenti, comunicando che tra un attimo sarebbe passato alla lettura dell'atto di vendita annoiandoli a morte.

– Dopodiché arriveremo alle firme, – disse.

E infine...

– C'è altro? – chiese il Sedanelli.

– Ho predisposto un piccolo brindisi, se non vi spiace.

Era l'ultimo atto cui presiedeva per l'anno in corso, dal giorno seguente lo studio sarebbe rimasto chiuso per riprendere l'attività solo dopo le feste e gli pareva che ciò che s'era compiuto quella sera fosse di buon augurio per l'avvenire.

– Non solo mio, di tutti, – affermò. – E adesso... – aggiunse allungando la sua stilografica al Piedivico.

Prima di firmare Felice chiuse gli occhi. Desiderava sentire fino a che punto non fosse mai stato solo nel mondo interiore che s'era costruito fin dagli anni del collegio. In quell'universo aveva fatto entrare l'essenza delle persone e delle cose, spogliandole dalla loro apparenza fisica. V'erano gli sguardi, il suono delle parole, i profumi che salivano dalla terra o si spandevano nell'aria, i ricordi che ciclicamente si ripresentavano, reclamando il diritto di essere gli unici a sopravvivere, perché in fondo, come aveva detto una volta a suo fratello, la vita altro non era che fuoco, aria, acqua e terra, soprattutto terra. Tenendo gli occhi chiusi vide le sue età giungere fino a quel momento e comprese che, comunque fosse andata, non avrebbe potuto sottrarsi al suo destino ma accettarlo e opporgli semmai quel mondo che costruiva dentro di sé.

Il respiro gli si allargò e quando riaprí gli occhi disse: – Scusatemi, – senza rendersi conto che non era passato che qualche istante.

– Le indico dove firmare, – disse il notaio riportandolo alla realtà.

E solo allora il Piedivico pensò a sua moglie.

Cosa avrebbe detto quando di lí a poco le avrebbe riferito la novità?

Ma era il caso di farglielo sapere quella stessa sera?

Non gli era difficile immaginare come avrebbe commentato sapendo che era un regalo del suo fratellastro, come avrebbe reagito alla sua felicità, inquinandola senza comprendere il portato di affetto che era la vera sostanza di quell'atto, il senso di un legame indelebile, profondo, profumato di eternità, reso ferreo da pensieri mai detti, dal pudore degli sguardi muti e sinceri.

Forse era il caso di tacere per quella sera, forse valeva la pena aspettare, tenere per sé almeno per un po' quella gioia probabilmente destinata a rovinarsi.

E dirle solo che i suoi parenti di campagna non avrebbero potuto calare in città per quell'anno, certo che Luigina avrebbe appreso la notizia come fosse il primo regalo di quel Natale. Nel frattempo fuori era calata la nebbia dentro la quale era bello immaginare che i passi ti potessero condurre altrove.

Indice

Questo libro è stampato su carta contenente fibre certificate FSC®
e con fibre provenienti da altre fonti controllate.

Stampato su carta HOLMEN con fibra vergine
proveniente da foreste sostenibili
www.holmen.com/paper

Stampato per conto della Casa editrice Einaudi
presso ELCOGRAF S.p.A. - Stabilimento di Cles (Tn)
nel mese di maggio 2024

C.L. 26078

Edizione						Anno			
1	2	3	4	5	6	2024	2025	2026	2027